AUR YN Y GWALLT

AUR YN Y GWALLT

*Casgliad o straeon
byrion cyfoes*

gan

ALED LEWIS EVANS

ISBN 1-904845-00-2

Dymuna'r cyhoeddwyr gydnabod cymorth
Adrannau Cyngor Llyfrau Cymru

Argraffwyd yng Nghymru

Cyhoeddwyd ac argraffwyd gan
Wasg y Bwthyn, Caernarfon

CYNNWYS

DIOLCHIADAU

Cyhoeddwyd 'Difetha Llun', 'Cynhesrwydd Carreg' ac 'Ymolchi' yn wreiddiol yn *Golwg*, 'Dean a Debs' yn *Barn*, 'Parti "Oompah"' yn *Tu Chwith*, 'Y Llethr' yn *Taliesin*.

Hoffwn ddiolch i Adran Olygyddol y Cyngor Llyfrau am eu trylwyredd, ac i Maldwyn Thomas a June Jones yng Ngwasg y Bwthyn am eu diddordeb yn y casgliad.

ALED LEWIS EVANS

PARTI 'OOMPAH'

"P'run 'di'r boi sydd newydd briodi?"

"Yr un sy'n edrych fatha Groucho Marx."

Clwb Crosville ar nos Sadwrn ar gyrion Maesgwyn y dref. Gwesteion yn ymgynnull ar gyfer y parti nos – parti 'oompah', am y rheswm syml fod y ddau sy'n priodi eisiau gweiddi'r gair 'oompah' cyn tynnu pob llun i sicrhau gwên.

"Hei, mêt, ti sy'n gwneud y disgo?"

Drysau tân ymhobman ar agor, yn dangos ôl cynhesrwydd y wledd briodas yn y prynhawn. Wrth ddrws y cefn mae'r briodferch yn ei gwisg briodas wen yn derbyn presantau gan ferched ifanc nad ydy hi'n nabod, a gwenu diolch. Y priodfab, wedi mwynhau cyfeddach chwyslyd y prynhawn, yn hael ei ysgwyd llaw a'i fraich am ysgwydd pawb – pethau na feiddiai eu gwneud yn arferol. Ond hen hogyn clên 'dio yn y bôn, o Sir Fôn.

"'Dio'm byd tebyg i Groucho Marx."

Symud i chwilio am sêt, a Hettie o'r gornel yn gweiddi:

"'Dio'm yn cofio ni. Mynd heibio â'i drwyn yn yr awyr. Mam a tad Chrissie."

"Pwy 'di Chrissie? O! Chrissie, mae hi mor debyg i chi. Dyma frawd Chrissie, ia?"

"Nage. Roger 'di hwn – 'dech chi'm yn cofio Roger?"

Yna clywed hanes bywyd Chrissie a chael cyfarwyddyd i ffonio "tua wyth o'r gloch ar nos Sul os ydech chi am ei dal hi i mewn. Gadwch i ni gael 'oompah' bach cyn i chi fynd?" Tynnu llun, mynegi diolch, a chilio o'r gornel.

Dadl rhwng dau – a ddylid cadw'r golau ymlaen neu ei ddiffodd rŵan fod dyn y disgo wedi cyrraedd? 'Y Disgo' yn deffro efo darnau o fersiynau newydd o'r 'Twist' a 'Simon Says'. Tamaid i ddisgwyl pryd. Dawnsio chwit-chwat – bydd gwell dawnsio ar ôl y bwyd. Lle mae'r bwyd?

"Be wyt ti'n yfed, sudd afal?"

"Ia, ma' gen i'r car."

"*You lazy git*, dim ond rownd y gornel ti'n byw."

Brawd tad y briodferch – yr un nad oes neb yn cyd-dynnu efo fo – yn gwenu yn y gornel fel angel a'i wraig efo sudd oren wrth ei hochr. Y briodferch yn crwydro o fwrdd i fwrdd yn tynnu lluniau 'oompah' ond yn ysu am gael tynnu'r ffrog briodas a 'sleifio i mewn i rywbeth esmwythach' fel y dywedodd Mae West mor llwyddiannus unwaith.

Mae enillydd tlws Dyn Mwyaf Diflas y Parti yn eistedd â'i ben i lawr a'i wraig yn ceisio byw ei fywyd drosto, ac yn crefu arno i wneud y Twist – "*And it goes like this*". Ond dim go ynddo fo. Try ei gefn ar ffoliaeth plentynnaidd tynnu lluniau 'oompah' gan gredu'n gryf y dylai'r briodferch gallio. Eu cefnder ifanc yn methu stopio dawnsio efo June dal, smart sy'n mynd i Awstralia yfory i ddechrau bywyd newydd. Criw o hogia ifanc yn cael y fath sioc pan mae 'Syr' o'r ysgol yn cerdded i mewn, ac yn anesmwyth efo'u peintiau. Sut mae o yn nabod y briodferch?

Y forwyn briodas fach annwyl wedi blino yn ei gwisg ac yn rhuthro at lin ei thad – y dyn mwyaf diflas yn y byd sy'n edrych fel petai o'n cysgu erbyn hyn. Mae Yncl Bernard druan, brawd hynaf tad y priodfab, yn crwydro efo'i gamera fideo ac yn gweiddi 'oompah' ar bawb gan oleuo rhyw gornel fach o'r ystafell yn ôl y galw, a rhoi braw i Anti Hettie!

"Yr hen gena, a fynta heb alw i'n gweld ni ers blynyddoedd. Mae'n galw digon heno efo'r hen beth 'na."

Y wraig erbyn hyn yn ceisio ennyn y dyn mwyaf diflas yn y byd i 'rocio o amgylch y cloc'. Chwaer i'r briodferch yn dawnsio'n nwyfus ar ei phen ei hun ar y dawnslawr, ac Anti Hettie'n gofyn a ydy hi'n iawn. Waeth i bawb gyfadde, mae'n anodd dweud ai merch neu fachgen ydy hi. Y forwyn briodas fach yn canu efo'i mam bellach, a bydd hi ar y fideo efo'i thad yn cysgu yn y cefndir.

Gŵr y disgo, ar ôl dymuno 'oompah' i bawb a datgan bod "y to yn codi yn Nhreffin heno", yn dweud fod bwyd yn barod. Pawb yn prysuro at fwrdd y bwffe ac yn gorlenwi'u platiau. Y priodfab a'r briodferch yn gorfod neidio'r ciw er mwyn cael bwyd yn eu parti eu hunain.

"Pwy ddeudodd y caech chi ddechrau?"

"Y fi," meddai gwraig y dyn mwyaf diflas yn y byd.

"O, olreit 'ta."

Tra bo'r golau ymlaen i bawb weld eu bwyd mae

Yncl Norman o Rosneigr yn ymboeni am dynnu lluniau. Geiriau cysurlon chwaer y briodferch: "Paid â phoeni nad ydy dy luniau di yn y tywyllwch ddim yn mynd i ymddangos. Ti'n iawn. Mae gen ti fflash. Tynna un ohona i rŵan, rhag ofn. 'Oompah!'"

Mwynheir y bwyd hyfryd, a gwrida mam y briodferch yn sgil y ganmoliaeth. Mae'r pasties yn hyfryd yn wir – fe wnaeth hi'r cyfan ei hun. Gwraig y dyn mwyaf boring: "Cymra un o'r *cones* efo jam a hufen go iawn. Fasa honna'n costio tua chwe deg ceiniog i ti lawr yn y caffi." Bwyd yn diflannu'n gyflym, a'r disgo yn ôl yn ei anterth, yn cynhesu fel y gin sy'n cynhesu gwddw Anti Hettie. Y goleuadau wedi'u diffodd, a phob 'oompah' yn fud am y tro. Y priodfab yn ei wasgod, a'i wregys yn rhy dynn yn dangos ei fol ac eto'n ei guddio, yn dibynnu o ba ongl yr edrychwch. Yntau'n siarad efo'r ferch sy'n ofnus ond eto'n hapus i fynd i fyw at ei chwaer yn Adelaide yfory.

"Dw i'n siŵr y gwnei di licio hi Down Under," sibryda â'i law'n crwydro cyn i'r fodrwy oeri ar ei fys.

Y wraig druan yn dal i drio peri i draed y dyn mwyaf borin porin yn y bydysawd a rhychwant y sêr symud i gyfeiriad y dawnslawr cyfyng. *"Do the locomotion . . . without me."* Dw i 'di cael llond bol arnat ti. Dw i'n mynd i'r toilet i chwilio am hwyl." Ar ei ffordd ar hyd lloriau gwlyb, mae hi'n distyrbio brawd ienga'r priodfab, Sam Tân, sy'n snogio Ziggy yn y pwt o goridor gwlyb y tu allan i'r tŷ bach. Ni allai unrhyw un ddiffodd y tân heno.

'Y Viva España' yw'r gân nesa a'r lle'n cynhyrfu. Y gyfnither dew does neb yn ei nabod yn iawn yn ail-fyw

10

disgos gobeithiol Benidorm ac yn llamu ar y dawnslawr. Y chwiorydd teneuach i gyd yn chwerthin ar y bits wirion. Cyfle am lun ac 'oompah' yn cael ei foddi gan seiniau'r 'Conga'. Anti Edna, sy byth yn dawnsio ond sy'n falch ei bod hi wedi dod heno, yn dal am ganol y priodfab ac yn synnu fod ganddo gymaint i'w wasgu Down Under. *"If you can pinch more than an inch"* oedd ei dywediad hi bob amser. Conga y tu mewn a Chonga y tu allan i'r Clwb a'r trên o berthnasau brith yn syfrdanu Sam Tân a Ziggy Stardust sy'n dal i snogio wrth y bogs. "Oompah!" medd Yncl Norman o Rosneigr, a thynnu llun ohonyn nhw'n pwyso ar y diffoddydd coch, 'Come on baby light my fire' i'w glywed yn byddaru o'r disgo drachefn, a'r Conga hanner ffordd i Dreffin.

Ar fwrdd wrth y bar mae Anthea, chwaer Ziggy, yn mynd drwy'i *ciggies* a'i phethau ffeministaidd. Ni allai hi fod yn fam ar unrhyw gyfrif.

"'Swn i ddim yn gallu dioddef yr holl gachu," dywed gan bwnio'i gŵr cysglyd. Yr eiliad yr âi hi at y bar byddai'n siŵr o gysgu. Beth sy'n bod ar yr holl ddynion 'ma'n cysgu?

"'Dio'm yn dda," ac yna dynwared acen Dre fel petai hi uwchlaw'r cyfan yn ei swydd yn y Siop Wyliau. Yno câi ei meddyliau hedfan efo'r tocynnau awyrennau i Rio a Morocco.

"Paid ti â sôn am *stag night* wir; mi gafodd hwn *stag week*, er na fyset ti'n deud wrth edrych arno fo rŵan."

Gwaeddodd pawb "Oompah!" wrth dynnu ei lun yn ei drymgwsg, heb aflonyddu gronyn ar ei hun felys.

"Oh ... do the Okey Cokey ... that's what it's all about!" Dyna i chi'r perthnasau di-sylw o Lanelli. "Petha Sowth

'na," chwedl Yncl Norman, Rhosneigr. Ynta heb ddant yn ei ben yn ifanc nwyfus ddawnsio efo'i wraig lawn hwyl – *"That's what it's all about"*. Beth mae hi'n ei weld ynddo fo meddylia Anti Edna? Dawnsiant gydol y nos a cheir sawl llun 'oompah' a sylw mawr ohonynt, ond neb yn gwybod yn iawn pwy ydyn nhw. Rhyw sgerbydau o gwpwrdd y teulu?

"We don't speak much Welsh. Ni'n siarad Cymrâg wahanol i chi, chi'n 'weld. 'Be ti moyn?' 'yn ni'n gweud wrth fynd i'r bar, ond 'ych chi'n real Gogs."

Mae Lynne dawel, ddichellgar â'i bryd ar y gacen briodas cyn i unrhyw un ei thorri. Cymaint felly fel ei bod hi'n ei dychmygu'i hun yn crafu'r cefn efo'i hewinedd heb i neb sylwi, a'i stwffio fo i gyd yn ei cheg. Dim ond staff y Clwb Crosville fyddai'n stwffio'u hunain efo fo, os na wnâi hi, ar ôl i bawb fynd adre.

Ar ddiwedd y noson daw'r gerddoriaeth araf a chusanu gwlyb yn y tywyllwch. Parti 'Oompah' i blant y llawr, a phob fflash a ffilm wedi'i ildio yn y ddawns olaf *'Save the Last Dance for Me'*. Glynu, cyn gollwng y gwahoddedigion i awyr laith y nos.

Wythnos wedi'r Parti, dyna gyfle i weld lluniau'r 'Oompah Mawr', a'r fraint o gael esboniad gan Anti Hettie eich bod chithau hefyd yn perthyn o bell i'r dyn mwyaf diflas yn y byd!

MIL HARDDACH WYT NA...

> Lwli, lwli annwyl fabi,
> Lwli lwli, dos i gysgu,
> Rwyf yn dechrau blino'th fagu,
> Cwsg fy mhlentyn lwli, lw.

Dw i'n caru Elfyn ac mae'r byd i gyd yn Haf. Ond does 'na neb yn gwybod fy mod i'n caru Elfyn achos dydw i ddim i fod i wneud. Dim ond ti sy'n gwybod, fy mabi gwyn i. Dydy Mami ddrwg ddim i fod i garu neb ond Dadi, yn nac ydi, babi? Nac ydi. Ond mae Mami'n caru Dadi weithiau, pan fydd hi'n gallu meddiannu'i sylw o. Cyn iddo fo fynd allan i slochian peintiau bob nos.

> Gyda'r nos daw'r tŷ yn dywyll,
> Gyda'r nos daw golau'r gannwyll,
> Gyda'r nos daw diwedd chwara,
> Gyda'r nos daw tada adra.

'Dan ni'm yn licio hynny, yn nac ydyn? Mae Mami'n caru Yncl Elfyn, a ti'n mynd i ddod i 'nabod Yncl Elfyn achos dw i'n mynd i wneud yn siŵr fod o'n dad bedydd i ti. Wedyn mi ga i ei gwmni fo yn ffurfiol, swyddogol, heb i neb wybod am byth bythoedd, Amen. Mae Mami fawr ddrwg yn gweld Yncl Elfyn yn y capel. Dyna pam mae hi'n mynd, ac mae popeth yn edrych yn barchus.

> Mil gwell gen i nag aur y byd
> yw gwenau Elfyn, nid y crud . . .

Mami ddrwg sydd gen ti yn aralleirio dy hwiangerddi di.

• • •

Helô babi, mae Mami wedi bod yn hogan gyfrwys, yn siarad efo Anti Carys a thrio dangos diddordeb yn ei bywyd hi, er mwyn ffeindio mwy amdano fo. Mi af ati hi i'w godro hi'n sych, achos ei bod hi'n ormod o ffrindiau efo fo. Wna i ddim tynnu'n ôl, ddim ildio. Dydy Mami ddim yn un am wneud hynny. Mae Mami'n mynd i wahodd Yncl Elfyn i alw draw i'n gweld ni. I'n caru ni. Mi ddaw o cyn hir. Dydy Mami ddrwg heb ffonio cymaint yn ddiweddar achos mae o'n dechrau aflonyddu, dechrau strancio, dechrau peidio â rhoi cymaint o sylw i Mami . . . ac i tithau wrth gwrs, fy mechan i. 'Swn i'n lecio'i gael o yma i'r tŷ. Dadi i ffwrdd ymhell, ti yn cysgu, a:

> Gwely, gwely hen blant bach,
> Gwely, gwely, gwely, hen blant bach.

Wyt ti'n meddwl, siwgwr candi, y basa Yncl Elfyn yn tosturio wrth Mami a tithau a gadael i ni fyw efo fo? Mae ganddo fo ddigon o le. Mi ddangosodd o'r lle i mi pan alwais i. Mae o'n meddwl mai dim ond ffrind ydw i. Dydy iechyd ei deulu o heb fod yn ecstra – *enter* Mami fawr ddrwg efo teisen a chonsýrn i holi a nesáu. Closio a meddiannu.

Mynd drot drot ar y gaseg wen,
Mynd drot drot i'r dre,
Mami'n dod yn ôl dros fryn a dôl
Â rhywbeth bach neis i de.

•   •   •

Mae Mami'n disgwyl eto. Pwy ydi'r tad y tro 'ma? Er 'mod i'n gwybod mai Brian ydy o. Nid y ti, siwgwr plwm, fydd yr unig un o gwmpas cyn hir. Waeth i ni fedyddio ti'n reit fuan a chael Yncl Elfyn yn dad bedydd. Na'th fy hanesion am golli babi ar ôl babi ddim tycio y tro 'ma, na'r un am fy hoff ewythr yn Aberhonddu yn marw'n sydyn, na bod Dad ddim yn dad go iawn i mi, mai wedi fy mabwysiadu oeddwn i. Flwyddyn yn ôl, pan ddaeth Yncl Elfyn draw i'r tŷ i groesawu Brian a finna i'n cartre newydd – i'r gymdogaeth newydd – a Brian ddim yma, wrth gwrs, mi ofynnais i iddo fo wthio'r pram – dy bram di, fabi clws, clws. Mi aethon ni i siopa i'r pentra fel teulu. Doedd o ddim yn hoffi'r llun, yn anesmwyth, a minna'n licio'r llun cymaint. Mi dynnais i amryw o luniau. Dw i'n dal i ail-fyw'r cyfan, dw i'n methu'i ddileu o. Fi piau fo, a dw i am dy gynnig di, ffrwyth fy nghroth, iddo fo. Bydd yn rhaid i mi fyhafio rŵan gan fod car Dadi yn y dreif.

Rock-a-bye baby on the tree top
When the wind blows
The cradle will rock.
When the bow breaks
The cradle will fall . . .

•   •   •

Doedd Yncl Elfyn ddim yn y capel. Mae o 'di bod i bartïon gwyllt drwy'r nos yn rhywle efo rhywun. Mae o'n anghofio Seion. Y bygar. Mae o'n strancio gormod fel y byddi di weithiau, fy mhlentyn.

Fysa Yncl Elfyn yn mynd â Mami i weithgareddau Cymraeg, yn cymryd sylw ohoni, yn mynd â hi i'r Capel ac allan am brydau o fwyd ac i Theatr Clwyd. Bywyd fel 'na sydd ganddo fo, ac mi fasa hynny'n siwtio fy nelwedd i yn iawn. Mae angen bod yn barchus arna i. Yn y Bedydd, pan ddaw Yncl Elfyn yn dad bedydd, mi fydd yn rhaid i mi gael buffet bach yn neuadd y pentre a finna wrth y llyw. Dw i isio iddyn nhw gartre gael gweld unwaith ac am byth fod y ferch yma'n gallu gwneud rhywbeth cystal â'i chwiorydd a'i brodyr bondigrybwyll sy byth yn dod yma, ond sy'n gwneud popeth yn gywir.

'Ni a siglwn, siglwn, siglwn . . .' yn amyneddgar nes daw'r dydd hwnnw.

• • •

Ma' celwydd yn handi, 'mabi gwyn, ond 'mod i'n cofio pryd dw i'n 'u deud nhw! Dw i 'di'u deud nhw wrth Yncl Elfyn ers i mi ei nabod o, ond ei fod o'n meddwl yn fawr ohona i. Dw i 'di deud 'mod i wedi gwneud rhaglenni radio, a nyrsio Hywel Gwynfryn yn Ysbyty Penarth. Dw i'n deud cymaint o gelwydd wrth bobol, weithia dw i'm yn siŵr beth ydy'r gwir – gwyliau ym Mharis, salwch bach yn Ysbyty Llandudno, gwrthdrawiad mewn car, ffitiau gen ti, fy mabi gwyn i – unrhyw beth i gyrraedd Yncl Elfyn unwaith ac am byth a'i feddiannu o.

Fydd Yncl Elfyn yng nghyfarfod sefydlu'r

gweinidog newydd heno? Dw i am ffonio rhag i mi gael siwrne seithug, ac os atebith o dw i am gymryd arna' 'mod i 'di ffonio'r rhif anghywir.

Wedyn, mi wisga i fy jîns tyn iddo fo gael gweld gymaint o bwysau dw i 'di golli. Y cwbl mae geneth ddiniwed fel fi isio'i wneud ydy siarad yndê? Mae Mami ddrwg yn mynd i wenu arno fo yn y cyfarfod sefydlu yn ystod yr emyn:

> Dyma gariad, pwy a'i traetha
> Anchwiliadwy ydyw Ef.

Ŵ – ia. Dyma gariad fel y moroedd. Wna i ddim gadael iddo fo fynd heb baffio.

• • •

Mae Mami wedi gyrru nodyn. Rwy'n teimlo 'mod i wedi talu'n ddrud am fy nghamgymeriadau. Mae'r amser wedi dod i roi'r gorffennol y tu ôl i mi – na, ni. 'Sgwn i sut aeth hwnnw i lawr am naw o'r gloch y bore ar Sadwrn gwlyb?

> Gee ceffyl bach yn cario ni'n dau
> Dros y mynydd i hela cnau;
> Dŵr yn yr afon a'r cerrig yn slic,
> Cwympo ni'n dau. Wel dyna chi dric.

• • •

Ti'n gwrando dim ar dy hen fam, yn nag wyt? Pam? Be wnes i i ti erioed? 'Dio'm ots faint o flynyddoedd wnaiff o gymryd i'n perthynas ni ddod yn ôl ar y cledrau . . . fedra i aros am Yncl Elfyn ond dydy o ddim yn cael dy gosbi di drwy beidio â bod yn dad bedydd i ti, ddim yn cael dy frifo di. Rhag ei gywilydd o yn gwrthod!

Yn y cyfarfod sefydlu mi roeddat ti, fy mhlentyn tlws i, yn gweld lliwiau ei siwmper newydd o Top Man yn sgleinio, ac yn estyn allan amdano. Dw i'n dy ddeall di, ond mi wnaeth Yncl drwg droi i ffwrdd.

Dw i'n amgylchynu Elfyn â chyffion, a'r unig ffordd y gall dorri'n rhydd ydy tasa fo'n digwydd dod i wybod am fy nhwyll i.

> Megais fachgen hoff ac annwyl
>> Ar fy mron mewn trafferth mawr.
> Deio, ti yw'r bachgen hwnnw
>> Nas gwn ym mhle yr wyt yn awr;
> Maith yw'r amser er y'th welais,
>> machgen annwyl, wyt ti'n iach?
> Os nad elli ddyfod trosodd,
>> Anfon lythyr, Deio bach.

Dw i ddim am roi'r cyfle i ti ymddwyn felly, fy mabi dol.

Y LLETHR

"I feddwl ei bod hi wedi gorfod byw efo hen sglyfath fatha fo ar hyd ei hoes hi. Mae hi'n haeddu medal am aros efo fo – does 'na'm syndod bod hi 'di cael affair."

Elin, nith iddi hi, drefnodd y noson allan i'r Aelwyd – y corff o undod brau hwnnw a glymai bobl ifanc y dref Seisnig at ei gilydd. Trip dirgel ydoedd a chan fod yna brinder swyddogion y noson honno fe ddaeth hoff fodryb Elin – Medwen – gyda hi. Bu'n rhaid i Elin wenu'n hynod neis i gael llond llaw o athrawon yr ysgol i ddod, gan ei bod hi'n mynd drwy gyfnod o fod yn annymunol ac anodd ei thrin. Ond gan ei bod hi'n ferch i rywun-rhywun doedd neb yn sôn llawer. 'Tyfu' oedd y caredicaf yn ei alw fo. Ond yn unol â'u hen bolisi fe blygai athrawon ysgol bob siâp a maddau'r pechodau mwyaf er mwyn rhoi ail gynnig i ddisgyblion ar ddechrau eu taith.

Wrth i'r bws barhau â'i siwrne daeth yn amlwg eu bod nhw'n mynd at hen gynefin Medwen tua'r Gogarth heb yn wybod iddi o flaen llaw. Ni allai hi goelio pan stopiodd y bws y tu allan i'r tŷ mawr lle y bu ei gwledd briodas ugain mlynedd ynghynt. Gwyddai Medwen am y datblygu a fu yno – y llethr sgio a'r ganolfan lle bu'r gwesty – ond prin y disgwyliai i Elin ei hebrwng hi i'r man hwnnw.

"Choeliech chi ddim ond dyma lle cawsom ni'n gwledd briodas ymhell yn ôl erbyn hyn!" Daeth yn agos at ddagrau pan ddywedodd hyn wrth fam un o'r plant a ddaeth yn gyd-stiward.

Gwyliai Elin yn sgio i lawr y prif lethr mor dalsyth, mor gadarn, mor fodern, mor annibynnol. Ar noson o aeaf fel hon roedd y llethr yn fwy peryglus gyda rhew gwirioneddol arno, a'r syndod i rai o ddyfal sgiwyr y maes oedd fod y damweiniau heb fod yn fwy niferus – bod rhywun heb fynd dros y dibyn. Bu'n aeaf ar berthynas Medwen a'i gŵr mewn sawl ffordd, ond aethon nhw ddim dros y dibyn chwaith. Teimlai fod ei phriodas a'i pherthynas hi wedi llithro, wedi dechrau i lawr y prif lethr hyd yn oed, a bod gwaith ailadeiladu, a dringo'n ôl i geisio gweld yr olygfa lawn.

Llithro oedd y gair – llithro i rigolau rhy gyfarwydd, i rigolau parchusrwydd, rhigolau stad odidocaf y dre yn lle'r wlad a'r olygfa fendigedig honno dros y môr i Fôn. Cafwyd magwraeth lawer mwy trefnus i'w phlant yn y dre yn hytrach na dringo coed a rhyddid byd y fferm. Mi geisiodd Medwen gadw gafael ar y ddau fyd. Rhigolau bod yn weinyddwraig barchus hefyd, a llithro oherwydd prysurdeb. Dim byd arbennig – dyletswyddau, rolau, disgwyliadau a diffyg gwerthfawrogiad. Llithro i'r cyffredin, llwyd, i deimlo carchar cyfrifoldebau weithiau, a theimlo bod y greddfol a'r naturiol efallai wedi darfod, wedi mynd heibio iddi.

Dim ond llithriad bach a gafwyd. Penwythnos. Dau ddiwrnod a wnaeth y gwahaniaeth i gyd. Y gwesty yn Llundain. Neb llawer yn gwybod. Ac roedd yr hen ddiawl digalon 'na gartre wedi ei phoenydio hi byth ers hynny. Wedi difetha bywyd y fo yn llwyr, a gwneud yn siŵr efo'i 'ddylanwad' ei fod o'n colli ei swydd a'i hygrededd. Roedd o wastad yn gwneud yn siŵr nad oedd hi'n cael anghofio'i llithriad.

Heno, cofiai Medwen y briodas a'r wledd yn y gwesty gynt, yn edrych draw am Eryri. Yr unig beth oedd yn tarfu ar yr olygfa bryd hynny oedd yr orsaf niwclear, fel rhyw ffrwydrad a allai ddigwydd ar y gorwel ym Môn. Ni lifodd euogrwydd fel ymbelydredd i'w byw am ei bod hi'n gwybod am gari-ons ei gŵr. Pob un ohonynt. Ond roedd y Gogarth yn cynrychioli dyddiau priodas a dyddiau hoenus pan nad oedd ffrwydrad yn fwgan, a byddai'r tes yn drwm dros y wlad yn y bore a hud yn drwm ar y ddôl gyda'r nos. Noson y neithior – pan oedd yr ochr yn glir, a'r Gogarth yn eithin a'r gwesty yn westy bach yn y wlad ymhell o bobman. Ymhell cyn cenhedlu'r un plant. Llanwodd ei llygaid.

Cafodd ei hatgoffa am y dyddiau cyn dyfod y llethr – cyn syrthio a llithro, cyn dyfod y graith a'r ôl ar ochr y purdeb. Y cwymp i faeddu'r diniweidrwydd o briodi yn y wlad, ac eira gwyn yn meddalu'n slwts brown dan draed. Llithro fel gadael i'r hunan-barch ddiflannu, a methu â'i adfer. Teimlo fod y person yr arferai hi ei adnabod y tu mewn iddi wedi llithro rhwng y disgwyliadau, er bod ganddi lawer mwy i'w gynnig. Dim ond ychydig oriau o reddf a gafwyd yn y gwesty ger Russell Square ar y Cwrs Anghenion Arbennig.

Anogwyd y plant y noson honno yn eu hymarferion sgio i drio fo'n araf deg, ac ailadeiladu ar ôl cwymp. Felly roedd hi'n ei wneud – ailadeiladu ei hunan a'i hystyr. Fe'i priodwyd yn yr oes pan oedd priodas yn briodas, os bu oes felly erioed. Yr oes aur honno y credwn ni i gyd ynddi. Edmygai wrthryfel Elin yn sylweddoli nad bywyd felly roedd hi'i eisiau. Tra oedd yn sipian paned o de o'r peiriant llonnodd Medwen drwyddi wrth sylwi ar Elin ar y llethr sgio drachefn yn mwynhau ymddatod rhag hualau. Roedd hi mor agos at ei chartref a hithau'n cofio adeg y bu'n sipian gwin, nid te gwan Maxpack ar y safle hwn.

Roedd y diwylliant wedi llithro ryw ychydig hefyd. Lle gynt y ceid hen hwyl yr ardal, acenion estron a ddaeth i hyfforddi ar y llethrau, heb boeni am ddweud enw Elin yn gywir. Ond doedd yr ardalwyr heb yrru'r diwylliant i ebargofiant ar y llethr mawr eto. Roedd Taid a Nain yn dal ym Mhen y Ddinas, ac fe gafodd ei phlant hi flas o'r pridd hefyd er eu bod yn blant y stad – cawsant glywed Cymraeg naturiol a iaith a graen arni. Nid oedd Elin yn cofleidio Cymreictod bob amser ond nid bai Medwen oedd hynny. Roedd mwyafrif ei ffrindiau ysgol yn dod o Shotton a Sealand.

Doedd llithriad Medwen ddim mor eithafol na difrifol fel na allai fynd yn ôl am fwy o wersi, a dysgu sut i gamu'n fregus eto i ddod i lawr ochr anodd bywyd. Gallai ddarganfod cyhyrau newydd.

Daeth yr awr annisgwyl efo'r Aelwyd i ben, a bu'n annog y plant i fynd yn ôl ar y bws ar ôl "Un tro eto. Un tro eto". Arbedwyd y cyfan fel ehediad y sgïwr yn colli ei gydbwysedd am eiliadau ac yna'n ei adfer yn yr awyr, ac yn ailgyfeirio at y nod cyfarwydd.

Prysurodd y plant i'w lle yn weddol ufudd ar gyfer

y siwrne yn ôl am yr Wyddgrug. Adref yn ôl ymhell i ffwrdd, dros y bryn. Dyna oedd ei hadref hi rŵan. Fe wynebodd y dychwelyd wedi cydnabod bod llithro wedi bod, a diolchodd i'w chyd-swyddog am gwmni ar y siwrne unig at sylweddoliad y noson honno. Roedd yr hen fastard oedd yn aros amdani gartref wedi llwyddo i wneud iddi deimlo'n euog yn rhy hir.

Fore Sul, yn y gwasanaeth teuluol arferol yn y capel chwaethus, ni allai weld Elin er chwilio amdani. Sylwodd rhai fel y canai Medwen yr emynau efo arddeliad cyhoeddus gwell na'r sioe arferol efo'i gŵr wrth ei hochr. Ni wyddai pam yn union – ai oherwydd ei bod hi'n teimlo'n well, ai oherwydd bod y gweinidog gwadd yn dod i ginio yn eu hact o gartref, ynteu ai oherwydd bod pethau wedi llithro'n ôl i'r union rigol yr oeddent ynddi cyn y daith i'r llethr sgio, a bod y rhigol yn rhy gyfforddus?

> "Dychwel i'w Seion, dychwel i'w Seion
> Dyrfa aneirif ryw ddydd . . ."

Gwenodd yn ystyriol, bwrpasol. Doedd hi heb ddweud wrtho eto. Dechreuodd yr iâ feirioli ar ei llethrau, ond parhaodd llygaid ei gŵr yn dalpau caled digyfnewid.

DIFETHA LLUN

Disgynnodd y swp boreol ar lawr cyntedd Lloches y Digartref. Fe'i cribiniodd yn fân am ei rai o cyn i neb arall godi a'u dwyn nhw. Roedd hi'r adeg o'r mis pan ddeuai'r cyfnodolion ffotograffiaeth i gyd. Byseddai'r ffotograffydd y tudalennau llachar gan fesur a phwyso'r cnwd newydd o gamerâu ar y farchnad arbenigol. Byddai Harry yn dal clust pobl mewn mannau cyhoeddus i ymhelaethu ar ei hoffter o'r camera hwn neu'r lens arall, ac fel nad oedd ffilm rad yn talu yn y diwedd, yn arbennig os oedd yn rhaid defnyddio golau. Roedd un o waliau ei ystafell gyfyng yn y Lloches yn llawn cylchgronau wedi'u parselu a'u gosod yn bapur wal. Caeodd Harry gefn y camera. Roedd diwrnod arall o'i flaen.

Roedd rhywrai wedi ysbeilio'i fflat yn ardal Spring Lodge, wedi dwyn ei eiddo, ac wedi rhoi'r fflat ar dân gan ddifetha ei holl orffennol o doriadau papur newydd a lluniau. Yn ffodus fe storiai'r rhan fwyaf o hanes lleol yr ardal yn ffeiliau'r ymennydd. Bellach, roedd rhaid iddo fod allan o'r Lloches Nos bob bore cyn naw, un o reolau cael aros yno am gyfnod o amser. Dyna sut y cychwynnai ei ddiwrnod mor gynnar, ar ôl brecwast da. Fel arfer, dim ond am ychydig y câi pobl aros yno hyd nes i'r Cyngor ddod o hyd i le iddyn nhw, ond roedd y Cyngor yn llaesu dwylo efo Harry. Roedd pawb yn llaesu dwylo efo Harry, ond roedd lle yn y llety yn Lloches y Digartref. Fe ddaeth yno ar ôl ychydig nosweithiau o gysgu yng nghysgod y capel smart gerllaw.

Un llun arall cyn amser coffi. Roedd hi'n amser coffi er bod gwawr diwrnod newydd ac irder gwlith y bore ar hyd y byd. Stryffaglai Harry tal, gwefldew â'i fag camera dros ei ysgwydd a bag plastig trwsgwl yn ei law. Cerddai'n afrosgo o awdurdodol i fyny ochr flaen y Cae Ras a thrafnidiaeth y bore'n poeri ei gwlybaniaeth arno. Yn sydyn daeth rhywun allan o'r swyddfa docynnau a chyn i'r person fedru camu ymhell daeth fflach anesboniadwy o'i flaen. Ynghanol dyddiau gwael ar y maes pêl-droed daeth llais un o swyddogion y clwb i'w holi:

"Gwranda, be wyt ti'n da'n tynnu lluniau ohona i?"

Oedodd, wedi ei syfrdanu gan y syniad na fyddai rhywun eisiau llun ganddo.

"Dim ond i mi fy hun."

"Tynna di un arall ac mi ffistia i di."

Cyn i'r ffotograffydd gael ateb yn ôl, cododd y camera at gefn y gŵr a thynnodd lun arall. Wedi ei dynnu, ac wedi i gar yr un a dynnwyd wibio heibio'n wyllt, roedd fel petai'n mesur a phwyso a oedd y llun yn un da ai peidio. Deuai digon o gyfle yn ystod y dydd. Rhoddodd orchudd am lens y camera.

Cawsai marwolaeth ei fam effaith ofnadwy ar Harry, a bu'n byw efo'i frawd academaidd hyd nes y bu farw yntau hefyd. Ond prin oedd y cyfathrebu rhyngddynt er eu bod yn gwmni yn yr un tŷ teras cyfyng. Wedyn daeth 'ffrind' ar y gorwel, a llwyddodd y ffrind i wasgu holl bres Harry i'w felin ei hun, gan ei adael yn gragen o'r hyn a fu. Buddsoddi'r pres mewn busnes gwerth ei halen. Adeiladodd ei ffrind dŷ hardd iddo'i hun yn Llanfynydd gan adael i Harry grwydro efo'i gamera a'i freuddwydion yn nhlodi'r dref fawr. Byddai'n treulio'i ddyddiau yn darllen papurau newydd yng nghlydwch y llyfrgell a thynnu rhai lluniau, tra oedd ei ffrind yn ei balas draw yn ei wahodd o yno ambell Sul o undonedd y Lloches.

Ymhen hanner awr go dda cerddodd Harry i Siop Goffi'r Llyfrgell am baned ddeg. Hon oedd y fangre boblogaidd, achos yn aml fe arddangosid gwaith ffotograffiaeth ei gyfeillion byd-enwog ar furiau'r oriel gelf. Taflodd ei hun i un o'r cadeiriau plastig simsan gan dorri ar sancteiddrwydd coffi a hel clecs dwy o Marford. Rhwbiodd un ei thrwyn. Amharwyd ar eu seiat foreol o roi eu sleisen-cacen-hufen-o-fyd yn ei le. Codasant drwyn arno wrth ymadael ac fe dynnodd yntau lun.

Daeth un o weinyddesau'r caffi ato.

"How are you this morning?"

"Grand. It's alright in between, isn't it?"

"Yes. You're busy with your wotsit, are you?"

"Quite busy," ebe yntau heb fwriadu datgelu gormod.

"You'll want the usual to keep you going?"

"Yes please, and a slice of coffee cake like the ladies. No cream."

Estynnodd am ei gamera ac fe'i hanelodd at y cownter bwyd.

"You're not going to take me again. Your house will be full of photos of me."

Holodd hi ymhellach a oedd o wedi mwynhau'r ddarlith neithiwr – roedd hi'n hen law ar ei drin. Oedd, ond roedd y darlithydd braidd yn hirwyntog serch hynny. Clywodd dynes y caffi i Harry fod yn dylyfu gên yn uchel ac yn anghymdeithasol ynghanol y ddarlith nes bod rhai pobl wedi dechrau chwerthin. Fe glywodd y darlithydd ifanc y sŵn yn y cefn, ac er nad amharodd yn ymddangosiadol ar ei berfformiad, fe nodwyd y gwyriad dianghenraid rhag y cwrteisi arferol. A phan ddaeth Harry ato i dynnu llun ar y diwedd, ymatebodd yn hallt.

"Pwy ydach chi? Be 'dach chi isio?" Dim ateb, dim ond fflach. "I bwy 'dach chi'n tynnu'r lluniau 'ma?"

"Only myself, like. I like to take snaps of celebrities when they come to town, even if they are a bit boring."

Erbyn diwedd y bore cyrhaeddodd Harry Blasty Iâl – y plasty lleol a agorwyd i ddangos y byd i lawr grisiau, a byd y bonedd i fyny staer hefyd. Doedd o erioed wedi cael llun i goroni ei gasgliad o'r lleoliad hwn, er iddo nabod yr hen Sgweiar flynyddoedd yn ôl. Cofiai gerdded i'w weld o dros gaeau, a chanfod defaid yn yr ardd gefn. Nid felly roedd hi rŵan, yn nyddiau'r Ymddiriedolaeth. Rhoddodd un o'r hebryngwragedd bwniad i'w chyd-weithwraig.

"Mae o'n 'i ôl."

Ar hynny torrodd y ffotograffydd ar eu sibrydion gan edrych yn ddiemosiwn. Er iddo fod yno lawer tro o'r blaen yn tynnu llun fe ddeuai'r un fformalrwydd yn y cwestiwn ganddo.

"Ga i dynnu llun?"

"Cewch siŵr. Mae fflash yn iawn hefyd," oedd yr ateb wedi'i hen ymarfer.

Byddai ei ail gwestiwn yn siŵr o anesmwytho'r sicraf ei gamau.

"Ydy hi'n iawn i ddefnyddio fflach?"

Nodiodd yr hebryngwraig arall, a gwenodd y gyntaf yn nerfus.

Dododd Harry ei fag plastig Asda ar un o gadeiriau derw'r plasty gyda chlec, a'r sŵn yn diasbedain yn anesmwyth o uchel gan ddenu sylw'r ddwy ffroenuchel o Marford a oedd bellach yn edmygu darn o grochenwaith yng nghornel yr ystafell adferedig.

Ymhen tipyn, fe gafodd yr hebryngwraig – a oedd bellach yn trafod y crochenwaith efo'r twt-twtiaid – gyffyrddiad ysgafn ar ei hysgwydd, a meddyliodd fod ei chymar eisiau ychwanegu rhywbeth at ei thruth gan ei bod yn gymharol newydd wrth y gwaith. Ond trodd ei hwyneb ynghanol brawddeg a gweld y ffotograffydd â'i gamera yn ei fframio. Trodd yr olwg hamddenol ar ei hwyneb yn un o arswyd, ac fe oleuwyd ei gwep gan fflach.

"*Lovely*," meddai'r ffotograffydd wrth y tair mud. Ar ôl seibiant:

"Ga i weld y stafelloedd tapestri?"

"Mae arna i ofn fod y Siamberi ar gau i'r cyhoedd y bore 'ma oherwydd gwaith adfer," meddai cyhoeddiad swyddogol yr hynaf o'r hebryngwragedd, a oedd wedi dychwel ar ôl mynd i ddelio efo larwm yn un o'r llofftydd. Roedd un o blant y grŵp swnllyd o'r ysgol leol wedi mynd o dan un o'r rhaffau ac roedd hi wedi rhoi pryd o dafod iddyn nhw.

"Wel, dyna biti." Gwnaeth wyneb fel tristwch clown. "Dim tapestri heddiw?"

Trodd gwên nerfus y dywyswraig yn dymer er gwaethaf ei blynyddoedd o brofiad. Cyrhaeddodd ben ei thennyn.

"Dwedwch wrtha i unwaith ac am byth – be 'dach chi'n ei wneud yn eno'r Tad?"

"Pardwn?"

"Wel, 'dech chi yma bob awr yn crwydro. Be 'dech chi isio gen i?"

"Eisiau cael y llun yn iawn."

"Pa lun?" meddai hithau gan fachu'r camera o dan ei drwyn. "Be 'dech chi isio yma?"

Agorodd hithau'r cas.

"Drychwch hen beth ydy o i ddechrau arni. Sut ydech chi'n disgwyl tynnu llun da efo hwn? Mae 'na dwll yn fan hyn."

Ni symudodd y ffotograffydd fodfedd, dim ond syllu'n syn ac ystyried, gan wneud pwrs o'i wefusau, fel petai am ei chusanu. Bachodd ei bys hithau'r llafn a agorai gefn y camera lle cedwid y ffilm.

"Ac mae pawb ymhobman yn gwybod fod gynnoch chi ddim hyd yn oed ffilm yn y camera."

Distawrwydd.

Syllai Harry ar y gwagle y tu mewn i'r camera. Byseddai oerni'r peirianwaith bregus, gwag. Dechreuodd y gweflau tew grynu a daeth dagrau i gymylu'r ffocws.

AUR YN Y GWALLT

Roedd rhai o selogion y caffi yn amau fod rhywbeth yn digwydd. Roedd ambell un wedi sylwi bod ychydig mwy o sglein yn llygaid Sue pan welai Garry. Gallai bywyd mam fod yn arbennig o brysur efo pedwar o blant a gŵr di-waith efo pyliau o'r felan gartref. Gweithiai Sue yn y prynhawniau ac ambell fin nos yn y caffi – yn coginio, clirio a golchi llestri – ymestyniad o'i bywyd hi gartref, heb y plant a gwep hir y gŵr.

Buasai hi wedi medru gwneud efo cael llai o blant, ac mi wnaeth hi'n sicr fod ei chwaer iau yn cael gwybod am y driniaeth fedr y dynion ei gael i wneud yn siŵr o hynny. Doedd hi ddim isio i Claire fod yn yr un rhigol â hi. Fel pelydryn cynnes i ganol undonedd llwm y prynhawniau, deuai gwên Garry â'i holi arferol sut oedd hi. Doedd neb wedi gofyn iddi sut oedd hi ers blynyddoedd.

Gŵr sengl erbyn hyn, yn ei bedwar degau diweddar, oedd Garry, wedi arfer â blynyddoedd o edrych ar ôl ei hun ar ôl ei ysgariad. Roedd yn hen gynefin â bod yn Gasanofa sefydlog yng Nghlwb y Lleng Brydeinig yn Llai – dipyn bach fel Tom Jones efo llewyrch 'Sex Bomb' yn ei lygaid, ond heb unrhyw un yn taflu nicars ato. Pan ddeuai i mewn i'r caffi bron na ddisgwyliech i lifoleuadau ddod ymlaen a cherddoriaeth 'It's Not Unusual' i seinio, a gwragedd canol oed i ddechrau taflu eu dillad isaf ato'n lliaws. Ond roedd o'n ŵr mwyn a distaw a diwylliedig, wedi colli ei gyfle mawr mewn bywyd rywsut. Bywyd wedi mynd i lawr yr holltau. Cafodd lawer iawn mwy o bobl yn cymryd mantais ohono fo nag i'r gwrthwyneb er gwaethaf ei ddelwedd fel yr 'Oldest swinger in town'.

Rhedai yn bur aml ond, er i ddyddiau'r Clwb Rhedeg i lawr yn y Queensway ddod i ben, roedd yr atgof a'r ysbrydoliaeth o lwyddo mewn tîm wedi golygu llawer iawn iddo'n ddistaw fewnol, a cheid cip o hyn yn dal yng nghornel ei lygaid pan nad oedd llewyrch yr ego yn ei ddallu. Cofio dyddiau da rhedeg marathon Llundain a chyn hynny dringo copaon Cymru bob yr un – yr Aran, Arenig, Cader Idris, Tryfan,Y Grib Goch a'r Wyddfa. Parhâi ei gorff i fod yn heini ac ystwyth, gwisgai'n ifanc ac roedd ei ymateb i fywyd yn gyffredinol yn llawer iau na'r deugeiniau.

Ystyrid y cyfan yn dipyn o jôc i ddechrau pan ddeuai Sue â mwy o bwdin i Garry na neb arall, neu adael iddo ordro heb orfod gwneud rhes wrth y til. Byddai hynny'n esgus iddi fedru mynd draw ato a sicrhau ei fod o'n cadw sedd iddi ar gyfer ei hegwyl, ac roedd o'n ffyddlon yn dod bob dydd, yn datblygu'n elfen gyson ac angenrheidiol yn ei bywyd. Mor hawdd y digwydd hynny. I ysgafnu'r cyfan byddai Garry'n bygwth mynd i'r Cogydd Bach neu Sainsbury's os na châi ei sgon a choffi'n rhatach.

Datblygodd Garry'n ymwelydd cyson dyddiol â'r caffi lle gynt y bu'n achlysurol iawn, a dechreuodd Sue wasanaethu ei siâr o fin nosau gan na chaeai'r caffi yn y Ganolfan Gelfyddydau tan naw. Deuai Garry â rhyw ysgafnder hogyn direidus yn ôl i'w bywyd a theimlai fel tasai hi'n ôl yn Ysgol y Llwyni. Wrth ddewis cacen o dun meddai Garry: "While you've got it out I'll have one as well, as the actress said to the Bishop". Rhennid paneidiau, sigarennau a phrofiadau bywyd rownd y bwrdd, a'r giang arferol yn dal i fynd a dod yn eu cysgodi a'u cyfarch, ond gan wybod bod yma fwy nag atyniad.

Yn sgil hyn daeth Sue i edrych yn well – bellach ni chariai feichiau'r byd ar ei hysgwyddau, daeth pwysau gorchwylion y caffi'n haws eu derbyn ac fe liwiodd ei gwallt yn olau, olau fel dathliad. Rhoddai hyn sglein anarferol iddi y tu ôl i'r cownter ac yn ei gwaith, a lluosog fu'r sylwadau gan bawb fod Sue yn edrych yn dda. Yn aml, byddai'r giang ffrindiau'n mynd adre gan adael Garry'n disgwyl – efallai i'w hebrwng hi adre yn y car XR3 gwyn newydd sbon y tu allan.

Dri mis yn ddiweddarach cerddai Sue, a'i phedwar o blant o'i hamgylch fel offerynnau'r band undyn, yn gafael y goets ganolog a ddaliai'r ieuengaf a thipyn o siopa'r bore o Iceland. Er eu bod ynghanol y prysurdeb o dan fwa'r Horse and Jockey, ni ellid llai na chanolbwyntio ar Sue a'i hanes. Edrychai'r wên yn fwy sicr a naturiol er gwaethaf y rhuthr a'r gofynion arni gan y plant.

"Dw i heb dy weld di yn y caffi ers tro, Sue. Lle ti 'di bod?"

"Dw i'm yne rŵan. Ti'm yn cofio ges i'r swydd yn y garej yn Rhos-ddu? Tair punt yr awr am lai o waith na'r caffi, a dw i'n iste i lawr drwy'r adeg. Mae o fatha mynd i orffwys ar ôl bod gartre efo'r rhai bach. Dw i'n gorfod rhyddhau'r pympiau fesul cwsmer ac edrych ar ôl y pres. Ond dydy hynny ddim trafferth achos ro'n i wedi arfer â thrin pres yn y caffi. Mae 'na un neu ddau yn deud wrtha i am lenwi'r tanc i'r top, a dw i'n neud. Ma'n lle prysur – 'dan ni'n menthyg ffilmiau fideo hefyd ac mae o fel siop, ond mae o'n brysurdeb gwahanol i'r mynydd o waith golchi a sychu a pharatoi bwyd yn y caffi. Mae'n addysg i mi hefyd achos dwi'n gorfod dysgu sut i ddefnyddio'r cyfrifiadur."

"Ti'n edrych yn dda. Mae hi'n rhyfedd hebddot ti yn y Ganolfan Gelf."

"Sut mae'r hen giang i gyd?" Oedodd fymryn a pharatoi ei llygaid:

"Sut mae Garry'n cadw? Cofia fi ato fo pan weli di o. Roedd o'n foi ffeind."

Torrwyd ar y sgwrs ac ar eco esgidiau'r cerddwyr ar y parth cerddwyr gan lais yr hynaf o'r plant:

"Tyrd 'laen, Mam, gad i ni fynd i'w nôl o," mynnodd y ferch.

"Mae hi'n mynd i'r ysgol fawr yr wythnos nesaf; yn dwyt?"

Ymsythodd y fam.

"Well i ni fynd i nôl y wisg ysgol newydd sbon i Melanie felly 'ta, blantos?" meddai Sue yn ysgafn gan droi i fynd. "Wela i ti. Edrycha ar ôl dy hun. Cofia fi at y giang." Y frawddeg olaf yn ystyrlon ond yn anorffenedig. Cofia fi at Garry roedd hi'n ei feddwl yn y bôn.

Wrth iddi fynd am y gornel sylwodd ei hen gwsmer

fod y lliw golau yn ei gwallt wythnosau ynghynt bron iawn â phylu, a thyfu allan. Dim ond ei ôl ar gyrion ei phrofiad.

DEAN A DEBS

Ymson Dean 1

Dydy hyd yn oed y fideo a'r teledu lloeren ddim yn gwmni yn y diwedd, er 'mod i'n twyllo fy hun. Dydy'r caniau cwrw ddim chwaith, er fod 'na ddigon o'r rheiny yma. Mi ro'n i'n dechre allan o'r tŷ efo dau gan pan ddaeth hen ffrind ysgol – yr unig un sy'n galw ar wahân i Mam, chwarae teg iddi. Efallai ei bod hi'n teimlo fod raid iddi ar ôl i mi ddod i wybod popeth. Mae hi'n dda wrtha i. Dod â'r dillad ac yn deud y dylwn i dwtio'r lle 'ma – a chael mwy nag un gadair rŵan fod Debs wedi mynd. Mam fydd yn tacluso. Fe aeth y *three piece suite*, ac mi gollais i Debs efo'r swydd. Nid 'mod i'n beio'r bysys yn llwyr; dw i'n ddigon hapus yn dreifio bws, ond mae 'na ormod o demtasiwn yno. Genod ysgol, rhan fwyaf, yn dweud "haia" a gwenu'n wirion, ac ambell un arall fel Alison.

Roedd Ali yn ferch arbennig; ar y bws wnes i gyfarfod â hi. Geneth neis yn gweithio efo'r gwisgoedd yn Theatr Caer. Dipyn o'r sipsi ynddi. Mi fues i'n byw efo Ali yn Hope. Byw yn Hope a marw yng Nghaergwrle meddan nhw, a chael dy gladdu yng Nghefn-y-bedd! Roedd ganddi hi fyngalo yno – ro'n i'n cael fy mhrydau am ddim, bob dim, ac roedd hi wedi newid ei hyswiriant car er mwyn i mi gael gyrru hefyd. Ia – dyna lle'r oeddwn i pan oedd fy ffrind yn galw a methu cael ateb. Ro'n i yno am tua thair wythnos yn byw efo hi. Dyna pam doedd dim golau yn y tŷ ac nad agorwyd a chaewyd y llenni am gyfnod. Does 'na ddim byd yn saff rownd ffordd hyn.

Ond mi roedd hi eisiau mwy yn y berthynas na fi – a finnau eisiau bod yn rhydd. Do'n i ddim eisiau cael fy hoelio i lawr. Ond wnes i ddim siarad efo hi am y peth, dim ond cerdded allan. Mae 'na ormod o demtasiwn yn y gwaith reit siŵr – dyna sut aeth Debs. Ond mi roedd hi angen ei rhyddid hi efallai hefyd? Ro'n i 'di nabod hi ers ro'n i'n bymtheg oed, ond mae hi wedi gwneud iawn am bob dim mae hi wedi'i golli rŵan, yn ôl be dw i'n ei glywed. Yr adroddiadau o'r tafarnau. Wel, dw i'n mynd i'r clybiau nos hefyd. Mae hi am fynd i'r Llynges, ac mae hi'n mynd efo rhyw foi o'r Llynges. Dwi dal yn ffrindiau efo Alison hefyd – paid â nghamddeall i – a dwi'n mynd i yfed i Gaergwrle nos Sadwrn, ac mi ffonia i hi i holi os ydy hi isio dod am ddiod. Dim ond am ddiod. I dalu am y ddiod.

Dwi'n meddwl y rho' i'r gorau i'r gwaith bws 'ma – mae cyfarfod rhai o'r bobl yn iawn, ond mae cadw amser y teithiau a dioddef llond ceg gan y teithwyr yn beth arall. Dwi 'di cael cynnig gwaith rhan-amser yn gweithio y tu ôl i'r bar yn y Saith Seren. Ma' nhw'n fy nabod i rŵan 'mod i'n yfed rownd dre eto. Pobl neis yna, ond dwi ddim yn siŵr. A dwi'n ffrindiau efo Rheolwraig Benetton – aethon ni ddim allan na ddim byd – ond hogan ddu ydy hi oedd yn gofyn a fuaswn i'n modelu dillad iddi ryw noson mewn sioe ffasiynau.

Rhaid i mi bicio i mewn i'w gweld hi yfory i ddeud y gwna i. Sgen i ddim y corff a deud y gwir, ond dwi'n lliwio'r gwallt yn olau ac wedi trio cael fy mrawd i ddwyn *razor blade* o'r ysgol er mwyn i mi gael cadw'r cefn fel y mae'r torrwr gwallt yn ei wneud o. Mae o'n dechrau troi'n gringoch wrth i'r gwraidd ddod allan. Yn y gwaith newydd 'ma, tasa 'ngwallt i'n dal yn frown – mi fysa fo wedi troi'n llwyd!

Ymson Dean 2 – Tachwedd

Ew, mae'r gaeaf yn dod yn barod, ac mi benderfynais i gan ei bod hi'n gyntaf o Dachwedd y baswn i'n rhoi'r addurniade 'Dolig i fyny. Gwneud i'r 'Dolig bara am hir.

Mae Debs yn ôl efo fi rŵan ers mis – wedi symud 'nôl i mewn yn gyfan gwbl heddiw. Methu byw hebdda i. Mae'n braf cael ei stwff hi o gwmpas, yn enwedig ar ôl y lladrad. Dwi 'di anghofio amdano fo rŵan a deud y gwir, ond fel y basa Debs yn deud, "Mi fuasai'n rhaid iddo fo ddigwydd i mi!" Mi ddaru nhw ddwyn y cyfan, y chwaraewr CD, y fideo, a gadael andros o lanast. Rywsut, fe lwyddon nhw i gau'r drws cefn yn ôl a roeddwn i heb sylwi. Ond fe gicion nhw o i lawr yn y lle cynta.

Ma' nhw 'di symud allan o ddrws nesa a daeth y cownsil a bordio'r lle ar ôl i rywun daflu bricsen drwy'r ffenest. Does 'na ddim byd yn saff yn fan hyn unwaith maen nhw'n gwybod fod gennyt ti rywbeth newydd. Mae pethau Debs yn ôl rŵan yn cnesu'r lle. Fedra i ddim mynegi mor hapus ydw i o weld pethau bach fel ei dillad isaf yn ôl yn sychu ar y gwresogydd. Falle mai teimlo piti drosta i y mae hi yn y bôn. Hi 'di'r unig un. Dyna i ti ffrind da oedd Craig – dw i'n gwneud dim byd efo fo rŵan achos 'i fod o'n gwbod pwy s'gen fy stwff i – mae Craig yn gwybod 'i fod o heb gael ei werthu, ond wnaiff y diawl ddim dweud mwy. Ffrind ysgol neu beidio, wna i ddim ymddiried ynddo eto! Mae o wastad yn digwydd i mi.

Daeth Debs adre pnawn 'ma yn deud ei bod hi'n llenwi swydd ei chwaer hi yn y ffatri nicars – deuddydd yr wythnos. Dydy Debs ddim mor siŵr am y Llynges rŵan os gellith hi gael gwaith da rownd fan hyn. Dwi dal yn brysur ar y bysys – yn codi llaw, ac yn mynd yn araf heibio'r hen ysgol, rhag ofn i mi weld fy mrawd; neu'n gyflym os ydw i'n gweld yr hen athrawon!

Dwi 'di stopio yfed llawer rŵan – dim ond yfed gartref. Safio'r pres. Dwi dal yn talu am y chwaraewr cryno-ddisg a'r fideo sydd wedi'u dwyn. Ma' Debs 'di dod â'i theledu a'i stereo hi, a gan nad oedd y lladron wedi dwyn y lloeren, dwi'n berffaith hapus yn gwylio *Pretty Woman* eto heno. Roedd *Rambo* ymlaen pnawn 'ma – dwi 'di weld o ddwywaith o'r blaen, a 'dio'm cweit cystal â'r lleill achos mae o'n ymladd y Rwsiaid i gyd ar ei ben ei hun bach ar y diwedd. Stori dylwyth teg.

Mae 'mrawd i, Dyfed, wedi torri bawd ei droed yn chwarae pêl-droed, felly fydd o ddim yn y traws gwlad at Blant Mewn Angen ddydd Gwener yn yr ysgol. Mi fydd raid i mi wylio sut dw i'n dreifio fore Gwener rhag ofn i mi ladd rhywun! Ro'n i'n casáu Traws Gwlad yn yr ysgol. Ro'n i wastad yn olaf ac yn dew. Gwahanol iawn dw i rŵan – dw i fel Jason Donovan rŵan.

Dw i'n dewis bod yn swel, swel – a drycha fel mae pobl yn barod i lyncu petha. Cymra Alison fel enghraifft. *Live in Hope? No bloody hope.* Mae gen i rym yn fy nwylo rŵan, dydw i ddim yn hyll, dw i'n *chic, chic.* Dw i'n dechrau mwynhau credu yn hyn, a dw i'n meddwl amdana fi fy hun am unwaith.

Mae'r gaeaf yn dod rŵan a 'nghoeden Nadolig unig yn herio'r Wern ar hyn o bryd. Gobeithio wnaiff neb ddwyn y lloeren.

Ymson Dean 3 – Adfent

Noson arall gwbl ddiflas. Dim byd ar y lloeren heno, dim ond ryw ffilm oedd yn gwneud i Debs grio efo'r dawnsiwr 'na – Patrick Swayze. Fyswn i'n gallu symud fatha fo tase gen i ei bres o. *Ghost* oedd enw'r ffilm 'ma, ac roedd hi'n deud petha fel "Dean, mae o mor drist na allan nhw ddim bod efo'i gilydd", ond fydda i ddim yn cymryd sylw ohoni. Mi brynais i *sound track Dirty Dancing* iddi er mwyn cau ei cheg hi ryw fis yn ôl. Mae hi'n hoffi'r gân *'We had the time of our lives'*. Does gen i ddim byd i ddeud wrth y gân. Mi oedd gen i ychydig o bres i brynu'r CD achos 'mod i'n helpu ffrind i ffrind i fynd â ffrwythau a llysiau o gwmpas QP – *"on the side like"*. Ond dw i'n gweithio ar y tacsis rŵan am ychydig rownd 'Dolig, digon o alw adeg yma'r flwyddyn. Ro'n i'n falch o orffen ar y bysys. 'Dach chi'n gallu plesio'ch hun yn fwy efo tacsi, dim ond bod chi'n trin merched yr offis yn iawn.

Mae 'na ambell loeren yn y stryd erbyn hyn, ond fy

nysgl i oedd y gyntaf un. Dw i'n gysglyd heno a heb newid o'r trwsus lledr, crys sidan a bresys, nac wedi tynnu'r clustdlysau. Mae'n rhaid i chi wisgo'n smart – tartio'ch hun i fyny ar gyfer y tacsi. 'Dech chi'n dod i nabod ambell un o'r cwsmeriaid. Ambell un yn well na'i gilydd.

Mae o'n waith caled, ond o leia dwi'm yn gorfod mynd â'r blydi bws 'na i fyny i'r Mwynglawdd. Mae'r *blonde* yn fy ngwallt i ar ei ffordd allan a'r gwreiddie'n ôl yn frown. Wel, brown-ish. All Debbie ddim ei liwio fo i mi heno achos ei bod hi ar ei chefn ar y *settee*. 'Nath hi ddim coginio swper i mi chwaith. Dw inne 'di bod yn gweithio drwy'r dydd a hithe'n gorwedd efo'r tân nwy mlaen yn llawn. Mae hi'n chwydu bob bore. Mae'r doctor 'di bod yma heddiw yn ei gweld hi, ac mae ganddi froncitis. Mae'n rhaid iddi gymryd *antibiotics* ac mae hi'n eu llyncu nhw efo Corona coch – fy mhotel i. Mi ofynnodd y doctor iddi a oedd hi'n disgwyl, achos os oedd hi, fe fyddai rhai mathau o dabledi'n andwyol iddi. Wel, fel y deudodd hi – allwch chi ddim bod yn siŵr – allwch chi fyth fod yn siŵr yn na fedrwch? Wel, yn ein dyddiau ni! Felly, mi aeth hi am y tabledi eraill, rhag ofn. Ond mae'n rhaid ei bod hi wedi deud wrth Denise, ei ffrind gorau, achos mi ddeudodd ei chariad hi wrtha i yn yr Offy: "Sut wyt ti'n teimlo rŵan dy fod ti'n mynd i fod yn dad? Wyt ti'n edrych ymlaen?" Ac mi atebais i: "Wel, olreit. *Yeah* . . . olreit".

Mi glywais i hi'n deud wrth Denise fy mod i'n ei gwerthfawrogi hi'n fwy rŵan, ers iddi ddod yn ôl ata i. 'Dwn i'm pam fod hi'n deud wrth honna. Hen gnawes 'di, a gas gen i ei chael hi yn y tŷ ma. Ond o leia, os ydy hi'n credu hynny!

Dw i 'di cael car newydd a dw i'n ei roid o wrth ochr y tŷ rhag ofn i rywun ei ddwyn. *Seventy quid* gan dad un o'r gyrwyr bws o Abermorddu. O leiaf mae o'n symud! Dim ond i fynd yn ôl ac ymlaen o'r gwaith fydda i'n ei ddefnyddio fo ar hyn o bryd. Yr holl ffordd i'r stand dacsi yn Stryd y Brenin! Wel, mae'n well na cherdded, yn tydi?

Mae Debs yn sôn am briodi, ond dw i ddim yn sôn. Fydda i'n sôn am fawr ddim wrth neb beth bynnag. Dw i'n berson preifat. Ond mae hi'n mynnu'i godi fo o flaen pobl eraill. Newid y pwnc fydda i. Ac mi fydd hi'n dod â'i ffrindiau giglyd yma, a *friggin'* Denise fel iâr fawr dew yn eu canol, ac mi fyddan nhw'n sôn am 'Briodas'. *"You take the high road and I'll take the low road,"* medde finnau, a chodi bys *'swivel on that'*.

O damia, cnoc ar y ffenest! Dw i'n gwybod. Mam isio gosod ei 'lino' a finna newydd setlo i lawr i ymlacio. O wel, fedra i ddim osgoi Mam! Mae hi'n rhoi cusan i Debs ac yn deud ei bod hi'n edrych yn well. Mi fuasai hi'n edrych yn well yn cerdded i lawr yr *aisle* yn ei gwyn yn Eglwys y Dre hyd yn oed, nag yn swp diog-chwyslyd yma ar y *settee*.

Ymson Debs – Nadolig

Dw i'n gariad i Dean ers oedd o'n bymtheg. Roedd o'n gwisgo pethau gwahanol a cholur ar ei wyneb yr adeg hynny. Dyna oedd yn denu, ei fod o'n wahanol. Ond trio dygymod â'r sioc ynglŷn â phwy oedd ei dad o yr oedd o. Dw i'n gwybod ein bod ni wedi bod drwy lawer yn y tair blynedd diwethaf, a 'mod i'n ddeunaw yfory ac yn disgwyl ei fabi, ond wir, dyna'r cwbl dw i isio mewn bywyd. Dw i 'di hen arfer gweld fy chwiorydd efo'u plant a dw i'n gyfforddus efo nhw, a dw i'n mynd i fwynhau cael bod yn fam. Dw i'n hapus yn byw rownd fan hyn achos dyma fy ardal i. Ma' nhw'n fy nabod i rownd fan hyn fel un o'r merched a fagwyd yng nghysgod y Power House, yn fy nghofio i'n hogan ddrwg uffernol yn yr ysgol, yn gwybod 'mod i'n licio rhoi tipyn o *stick* i'r Pakis yn y siop tships. Dw i'n mynd i fewn weithia a gofyn am tships newydd, poeth, nid rhyw hen bethau wedi bod yn sefyll. Ac mi ddeuda i wrth y ciw hir os na cha i rai mai "tships ddoe 'di'r rhain". Ond maen nhw i gyd yn chwerthin ac yn ei dderbyn o gen i.

Ro'n i'n sâl iawn ddoe ac wedi aros yn fy nghoban drwy'r dydd, a gorweddian. Am chwech yr hwyr ro'n i wedi gorffen y ffags i gyd a fasa Dean ddim yn mynd i mi – felly doedd 'na ddim byd amdani ond taflu côt ymlaen a cherdded i dŷ'r Pakis yn fy slipars. Mi graciais i ryw jôc am gael mwy o golur lliw siocled, ac mi roedden nhw'n chwerthin.

Peidiwch â 'nghamddeall i ynglŷn â'r ysgol – dydw i ddim yn ddwl. Wnes i ddim gweithio digon yn yr ysgol, ond all neb fy nhwyllo i. Rŵan fod Dean ar y tacsis hwyr yn y nos dw i ar fy mhen fy hun. Ond dw i 'di dechrau darllen – dw i'n cael mynd i 'myd fy hun wedyn. Ond tan y daw o adre mae'n well gen i wylio ffilm ar y lloeren na mynd i gysgu, neu hen fideo o *Ghost*. Rhaid i mi wastad gael y Kleenex yn barod. Mae

Dean wrth ei fodd efo'r ffilm yna hefyd.

Dw i 'di bod yn paratoi ar gyfer y babi ers 'dwn i ddim pryd, ers cyn i mi golli 'ngwaith. Dw i 'di bod yn casglu gwahanol bethau iddo fo neu hi. Er 'mod i wedi cael cip ar y sgan, dw i 'di gofyn iddyn nhw beidio â deud wrtha i beth fydd o. Neu fe fydd y rhyfeddod wedi mynd. Ro'n i'n poeni 'mod i'n fach am sbel, ond rŵan mae pethau'n iawn. Dw i 'di bod ar y peiriant 'na hefyd sy'n deud os oes gan eich babi chi ofn, a phethau felly. Mae'n wych yr holl dechnoleg 'ma, ond dw i'n siŵr fod o ddim hanner mor wych â'r geni ei hun.

"*Debs, can we have a word with you in the office, love?*" Fel'na y daeth gweithio i'r ffatri nicars i ben, ar ôl i mi fod mor deyrngar iddyn nhw, ac roedd 'na sôn y buaswn i'n cael bod yn arolygydd ar ein hadran ni yn y flwyddyn newydd. Ond fe glywson nhw 'mod i'n feichiog, ac roedd yn haws iddyn nhw fy sacio i am waith gwallus er mwyn osgoi talu tâl mamolaeth. Wel, mi ddeudis i wrthyn nhw: "*You've shit on me*". Dyna'r unig iaith maen nhw'n ei deall. "*I don't want any of your money.*"

Ac mi roedd fy llygaid i'n llenwi, a gwnaeth dim un ohonyn nhw gynnig paned neu hances i mi, dim ond fy ngadael i yno ar ganol y llawr. Ac roedden nhw i gyd wedi bod yn fy ngalw i'n Debs a dweud "haia" bob bore. Mi roedd y cyfan yn fendith mewn ffordd galed, anodd, achos mae gen i rywbeth mwy rŵan. Ac mae agwedd Dean wedi newid yn llwyr. Mae o 'di tyfu i fyny dros nos, ac ers i ni ddod yn ôl at ein gilydd mae o'n wahanol berson. Mae o'n addo chwilio am waith mwy sefydlog yn y Flwyddyn Newydd a dw i'n mynd i helpu iddo fo gael ei freuddwyd – o fod yn yr heddlu neu'n swyddog mewn carchar. Ei godi o fyd y tacsi. Mae 'na gymaint o bethau yn mynd o'i le ar y peiriant, 'dio'm yn cael chwarae teg.

Fi 'di'r unig un sy yn ei nabod o – 'runig un sydd wedi mynd i'r drafferth. Dw i'n gwybod i ni fynd ein gwahanol ffyrdd am gyfnod byr – yn ystod y cyfnod yna mi wnaeth Dean newid a cholli pwysau, mynd yn trendi i gyd, ddim y Dean dw i'n ei nabod o gwbl. Mi brynodd o flodau i rywun arall ar y bysys ac nid i mi, unwaith. Ond unwaith oedd hi. Mae ei broblemau o i gyd yn deillio o pan oedd o'n dew yn hogyn ifanc, achos am sbel, roedd o eisiau bod yn Jason Donovan – roedd yn rhaid iddo fo brofi hynny iddo fo'i hun. Roedd ei wallt wedi'i liwio'n olau, dwy glustdlws a wats aur, a denu genod ar y bysys oedd ei fryd. Mi gollodd o ryw stôn a hanner achos doedd yna ddim bwyd yn y tŷ. Ond iddo fo, roedd colli pwysau yn hwb i'r *ego*.

Mi ddaeth yr hen Dean yn ôl diolch byth, ac mi ffarweliais i efo Gaz oedd yn mynd i'r Llynges beth bynnag. Peth dros dro. Dw i'n gallu ymlacio yn ystod y dydd rŵan er 'mod i'n trio twtio a phaentio, a pharatoi'r llofft fach ar gyfer y bychan. Mi ddeudis i wrth Dean pan oedd o braidd yn ddistaw un gyda'r nos: "Paid ti â phoeni am i mi golli'r swydd. Pan fydda i'n un ar hugain, fe awn ni i gyd ar wyliau mawr, achos dw i'n gallu cael gafael ar fy mhres pan dw i'n un ar hugain."

Mi aeth Dean i'r ffatri, chwarae teg iddo fo, i weld y rheolwr ar ôl y driniaeth ges i. A 'dech chi'n gwybod be? – mi roedd y rheolwr yn cuddio y tu ôl i'r drws ddim eisiau cyfarfod â Dean.

"Don't get your knickers in a twist," medda fo. Am beth i'w ddeud mewn ffatri nicars! Mi 'swn i 'di hoffi bod yn bry ar y wal. O wel, mae'r cyfan drosodd rŵan, a Dean yn cael rhywfaint o bres ar y tacsis i'n cynnal ni'n tri.

Oes, mae gen i rywbeth gwell na nhw i gyd.

GAGENDOR

Daeth yr awydd drosti i fynd i'r Eisteddfod Genedlaethol, ac i glywed côr o blant yn canu 'Unwaith eto Nghymru annwyl'. Er ei bod hi yn alltudiaeth Wolverhampton bellach, wedi priodi Dave y 'dyn nwy', ac wedi magu ei phlant i siarad Saesneg, daeth yr awydd yn gryf i fod yn gyflawn eto. Roedd yr Eisteddfod yn ymweld â'i hardal enedigol – tref yr Wyddgrug – y dref lle y cafodd addysg Gymraeg, y dref lle y cafodd ddechreuad, a'r dref y bu'n rhaid cilio rhagddi. Doedd hi ddim wedi gwybod dim am yr holl baratoadau, dim am y bwrlwm a'r blynyddoedd o waith, dim ond digwydd i berthynas iddi sôn fod Eisteddfod yn cael ei chynnal a theimlo yr hoffai fod ar y maes i weld hen gydnabod. Bu'n byw bywyd ar yr ymylon a doedd hi heb weld llawer o ffrindiau ers blynyddoedd.

Deuai Dave efo hi yn flynyddol i aros yn West Kirby, a'r plant yn cael rhyddid y traeth a hufen iâ godidog Park Gate, a gwibdaith i Southport, ac o amgylch y perthnasau yn anorfod. Ceid digon iddyn nhw ei wneud tra oedd hi'n mynd am ei diwrnod o ailgynnau ddoe. Roedd yn ddiwrnod pwysig iddi – er na wyddai neb arall hynny. Diwrnod o gydnabod yn ddistaw iddi hi ei hun. Daliodd y bws drwy Sealand a Queensferry hyd y ffordd newydd i'r Wyddgrug, ac oddi yno i'r Maes. Cofiodd fod rhai o'i ffrindiau ysgol yn dod o'r fro ddiwydiannol, glòs hon, tra bo eraill o'r ardaloedd gwledig i'r gorllewin.

Cafodd bryd oddi ar un o stondinau 'Siwgwr a Sbeis' a'i fwynhau heb weld fawr neb a adwaenai, dim ond ambell gyn-athro o bell, oedd â bathodyn ar eu bron. Ni hoffai dorri ar eu traws, ac efallai na chofient hi a byddai pawb yn teimlo'n annifyr. Felly, parhaodd i wylio ac amsugno'r awyrgylch.

Drwy gyd-ddigwyddiad od, roedd dwy actores leol yn cyflwyno sioe y diwrnod hwnnw yn Theatr y Maes – sioe am syrffed ac unigedd dwy wahanol iawn yn eu hamrywiol sefyllfaoedd. Gwraig i weinidog a gwraig a ysgrifennai lythyrau maleisus. Addasiad o waith Alan Bennett i'r Gymraeg. Teimlodd Melys yr hoffai weld y ddwy – yn arbennig un ohonynt, Siriol, oedd yn hen gyfaill iddi ers y blynyddoedd cynt.

Llenwai'r theatr yn ddistaw bach cyn perfformiad un o'r gloch, ac wedi iddi eistedd mewn man canolog daeth un arall o'i chyn-gydnabod i eistedd wrth ei hymyl.

"Helô, Nia yndê? Ti'n fy nghofio i? Ro'n i yn yr un flwyddyn â ti yn yr ysgol. Melys Parry o Licswm."

"*Oh yeah, kind of,* shwmai 'te ?"

"Dw i'n iawn ti'n 'bod. Sut wyt ti?"

"Dal yma."

"Dw i 'di dod i'r Eisteddfod am ddiwrnod yn unig,

ac ro'n i'n gweld bod Siriol yn y ddrama 'ma, ac ro'n i'n meddwl dod i weld sut mae hi'n actio."

"Mae'n carafán ni lan ar y maes carafannau, cwpwl o ffrindiau o'r Bîb y naill ochr i ni." Roedd Nia'n casáu hen gwestiynau diffrwyth hen gydnabod coleg fel, "Wyt ti yma am yr wythnos?"

"Hogan neis ydy Siriol, yntê?" meddai Melys yn synfyfyriol. "Mae hi wedi gwneud yn dda iddi hi ei hun. Dw i wastad yn cofio'i gwallt hi yn hir." Dim ymateb. "Dw i heb ei gweld hi ers ysgol."

"Dw i'n ei gweld hi reit aml yn Llanisien."

"Yng Nghaerdydd mae hynny?"

"Dyna lle mae swyddfa'r Sianel. Dw i'n gwitho 'da'r Sianel yng Ngha'rdydd."

"Be, Sianel Cymru? Y teledu? O! dyna pam fod dy Gymraeg di mor dda. Gwahanol iawn i f'un i. Ond doeddet ti ddim o rownd ffor' hyn yn y lle cynta yn nag oeddet? Y De yn rhywle, yntê." Cafwyd saib anghyffyrddus. "'Dan ni'n methu cael honna lle 'dan ni – Wolverhampton. Be, 'di Siriol yn actio lot?"

"Ma' hi 'di gwneud cwpwl o bethau i'r Sianel. Is-gymeriadau mewn dramâu a phethach felly."

"Ydy hi 'di priodi?"

"'Co fe ei gŵr hi. Mae e'n acto hefyd. Fo sydd wedi cyfieithu'r ddrama fach hon, ac mae o'n helpu 'da'r props. Un da ydy Gethyn. Wastad yn barod ei gymwynas."

"Be 'di dy waith di efo Sianel 4?"

"Efo'r adran gomisiynu rhaglenni rhyngwladol. Mi fedri di dderbyn y sianel rŵan ar S4C Digidol – hyd yn oed yn Wolverhampton!"

"Ew, mae'r jòb yna'n swnio'n bwysig. Be, fatha ysgrifenyddes?"

"Mae 'na fwy i'r gwaith na hynny."

"Wyt ti'n briod?"

"Odw, dau o blant – Osian Hedd a Lowri Mai."

"Ew, sut wyt ti 'di cael amser i wneud cymaint? Enwau neis hefyd. Tlws. Jamie a Toni 'di 'nau i. Doedd 'na'm pwynt rhoi enwau Cymraeg yn ôl fy ngŵr – fysan nhw'n anodd i'w deud yn Wolverhampton. Ma' nhw'n cael digon o drafferth efo Melys. Ac ma'r gŵr yn Sais."

"Ma' 'ngŵr innau'n ddi-Gymrâg hefyd ond mae 'mhlant i'n cael addysg Gymrâg."

"Ti'n gryfach na fi, felly. Beth mae dy ŵr di yn ei wneud?"

"Mae o'n gwitho 'da'r Sianel hefyd."

"O, ro'n i'n meddwl eich bod chi'n gorfod bod yn siarad Cymraeg i gael bod yn fan'no."

"Efo'r adran graffeg mae o'n gwitho. Mae shwt gymaint i wneud nawr 'da Digidol, ac is-deitlau. Mae o'n dysgu Cymrâg 'ta beth, ac yn addo *total submersion* rhywdro."

"Lle gwell na 'Steddfod?"

"Pallodd e gael gwyliau 'run adeg â fi eleni."

"Mae'n neis eich bod chi'ch dau yn gweithio yn yr un lle, yn tydy?"

Saib anghysurus arall. "Dyn nwy ydy 'ngŵr i. Dyn peryg! Mae o 'di aros efo'r plantos yn West Kirby heddiw er mwyn i mi gael dod yma. Mi ddeudodd o efallai y buasai o'n mynd ar fferi o New Brighton i Lerpwl a mynd â nhw o amgylch yr Albert Dock. Mae 'na amgueddfa dda am hanes hen longau a ballu."

"Fysa hi ddim yn well dod â nhw yma i ddysgu dipyn am eu hanes nhw eu hunain?"

"Wel, doedd o ddim yn gwybod yn iawn beth i'w wneud efo dod neu beidio. *'It's an all Welsh festival'* medde fi, ond troi'i drwyn wnaeth o. Falle 'mod i isio iddo fo droi'i drwyn. Cadw heddiw i mi fy hun. Mae o mor dda efo'r plant, ond weithiau mi fydda i'n difaru nad yden nhw'n cael dim Cymraeg. Taswn i'n byw yng Nghymru mi fysa'n wahanol."

Roedd Nia ar fin rhoi ateb miniog, swta iddi pan gychwynnodd un o'u hen athrawon oedd bellach yn Arolygwr ei Mawrhydi groesawu pawb i Theatr y Maes a'i gwledd o arlwy y prynhawn hwnnw.

Ar ddiwedd yr awr teimlai Melys yn falch o fod wedi gweld hen gyfaill ysgol yn cael ei chyfle i actio darn mor dda. Ni chredai Nia wrth ei hochr fod perfformiad Siriol yn teilyngu'r holl gymeradwyaeth – yn enwedig am ei bod hi wedi ei snybio hi'n gynharach pan aeth hi rownd y cefn i weld Gethyn. Roedd yn rhaid iddi ei weld o. Allai hi ddim mynd wythnos heb siarad hyd yn oed. Fe fydd yn rhaid i'r hen ast wylio'i chamau. Doedd o'n amlwg heb ddweud wrthi eto. Ddim isio pylu dim ar ei pherfformiad mawr. Roedd 'na ormod o bobl yn sgwennu sgriptiau gyda hi mewn golwg bob tro fel prif gymeriad. Roedd Nia wedi trio rhwystro rhai ohonyn nhw, ond roedd yr hen ast yn medru actio.

Bu Melys yn ddigon dewr i aros yno ar y diwedd wrth i bawb brysuro allan i lygad yr haul.

"Ti'n aros ar ôl i'w llongyfarch hi?"

"Na, dw i'n gweld digon arni hi lawr yng Ngha'rdydd."

"O."

"Hwyl," a diflannodd Nia i gefn y llwyfan i chwilio am rywun oedd o fwy o werth iddi sgwrsio efo nhw, a'u llyfu er lles ei dyfodol.

Daliai Melys ei chôt a'i 'Rhaglen y Dydd' yn llipa wrth i'r theatr wacáu. Roedd hi eisiau cysylltu'n bositif efo'i gorffennol heddiw, er mwyn y dyfodol – ei dyfodol hi. Ond ystyriaethau ysbrydol a oedd ganddi wedi blynyddoedd o roi Cymru yng nghefn ei meddwl a'i phrofiad. Peth rhyfedd yw cadw iaith mewn blwch yn y cof heb ymarfer. Roedd fan hyn cystal lle ag unlle i ddechrau cysylltiad newydd, yn Eisteddfod Genedlaethol ei hardal enedigol. Roedd hi isio deud wrth Siriol ei bod hi yn yr ysgol efo hi, a'i bod hi wedi perthyn unwaith i deulu'r ysgol ar y ffin, ac y gallai hi berthyn eto. Daeth lleisiau o ochr y llwyfan ar ôl rhai munudau, a phrysurodd at Siriol a ddaeth allan ar ei phen ei hun yn benisel.

"Siriol, ti'n fy nghofio i? Melys Parry o Licswm. Roedden ni'n dwy yn yr ysgol Gymraeg efo'n gilydd . . . Paid â chrio fel'na . . . tyrd yma . . . roedd dy berfformiad di'n wych!"

Ymolchi

Beth oedd hi'n da mewn bàth dyn diarth yn Swindon? Beth oedd hi'n ei wneud ynghanol yr holl stwff Body Shop? Rŵan fod ogla gwraig arall ar ei hyd, gobeithio na fyddai hithau'n sylwi fod rhywun wedi bod wrthi'n ysbeilio'r poteli pan ddeuai adref. Gofynnai'r cwestiwn drosodd a thro wrth anwesu'r ewyn gwyn ar y sebon yn y bàth mawr diarth. Pam oedd hi yno? Doedd hi ddim yn siŵr sut y cyrhaeddodd hi'r bàth, ond fe ofynnodd ynghanol ei nerfusrwydd, ac fe ddywedodd Geoff: "Croeso i ti gael bàth".

Ar y ffôn y daeth hi i nabod Geoff. Doedd hi 'rioed wedi ei weld o tan heddiw yn y radio ysbyty yn Swindon, ond fe fu'r cyfeillgarwch yn dyfnhau dros y gwifrau gyda threigl y misoedd. Fe gychwynnodd y cyfan pan ffoniodd Radio Ysbyty Swindon y Radio Ysbyty yn Nhreffin yn holi am recordiau mwyaf poblogaidd y gwasanaeth ar gyfer rhyw arolwg. Ac ers hynny, bob nos Iau yn rheolaidd, fe gâi Laura alwad ffôn gan y dyn yn Swindon. Byddai'n cellwair am ei 'dyn yn Swindon' wrth gynorthwywyr ifanc y radio ysbyty, ond nid wrth ei gŵr a ddeuai adre'n fudr wedi bod yn gosod ffensiau drwy'r dydd. Fe ddaeth Laura i edrych ymlaen at y galwadau ffôn, i ddibynnu arnynt, er nad oeddynt am unrhyw beth arbennig – y tywydd, recordiau, teuluoedd.

Laura a Geoff yn cyfarfod dros y ffôn, a rŵan fel coron ar y cyfan roedd hi yn ei fàth o, a'i wraig o ymhell i ffwrdd efo'r plant, ar wyliau yn gweld Nana yn Barnsley. Rhoddodd dipyn mwy o ddŵr poeth parod yn y bàth. Waeth iddi'i fwynhau o ar ôl taith mor bell.

Ar drip i ymweld â radio ysbyty arall yr oedd Laura, ac i aros efo'i hen ffrind ysgol Sarah yn Llundain. Dyna oedd y fersiwn swyddogol i'r gŵr Ralph, ac roedd o wedi gadael iddi fynd. Gweithiai Ralph fel labrwr i gwmni o adeiladwyr, deuai adre wedi blino'n lân bob nos, ac fe âi i'r gwely'n gynnar cyn *Coronation Street* gan ei gadael hi i'w sebonau a'i hunigrwydd, ac eithrio'r gath. Câi Laura ryddid ar nos Iau drwy roi o'i hamser ar y radio ysbyty, yn darlledu rhaglen o gerddoriaeth ganol y ffordd, gydag ambell un annisgwyl i roi braw i bawb yn eu gwelyau, ac i ddangos ei bod hi'n dal yn fyw. 'Simply the Best' Tina Turner i ganol Mantovani a Threbor Edwards.

Roedd hi wedi mynd mor ganol y ffordd ei hun ac roedd hi am newid ychydig, gwneud rhywbeth annisgwyl. Braidd yn eithafol, meddyliodd, tasa Ralph yn gwybod ei bod hi ym màth Geoff yn Swindon. Daeth gwên i'w hwyneb wrth iddi feddwl am y peth. Suddodd ei chorff o dan y dŵr ac o dan yr ynysoedd sebonllyd. Daeth 'Islands in the Stream' gan Kenny Rogers a Dolly Parton i'w meddwl – un o ffefrynnau'r gwrandawyr – a daeth awydd chwerthin yn afreolus arni yn y stafell molchi ddiarth. Fe fyddai'n rhaid codi o'r dŵr a mynd i lawr i wynebu amgylchiadau, i lawr y grisiau at Geoff.

Bu ei dyfodiad i Swindon a'i mynediad i'r tŷ yn gwbl dawel, guddiedig – y wibdaith o amgylch y radio ysbyty yn Swindon General yn hysbŷs i bwy bynnag oedd yno – ar ôl ei thrên chwim o Gaer. Ond cuddiedig fu'r daith i'r tŷ helaeth yn swbwrbia dan adain gysgodol y düwch a ledai i'r faestref. Ni welwyd enaid byw o ddrws nesaf ac roedd pawb yn byw bywydau yn eu bocsys. Roedd ganddi ofn gwneud gormod o sŵn wrth wagio dŵr y bàth rhag ofn i ddrws nesaf ddrwgdybio rhywbeth. Doedd neb â'u trwynau yn eich potes chi yma, mor wahanol i'r trwynau yn ei stryd hi gartref, a chyfrinachau ei theulu hi. Ond fe sleifiodd Laura i mewn i'r tŷ, tynnwyd y llenni a rŵan roedd hi'n codi o'r dyfroedd mawr a'r tonnau!

Wyddai hi ddim beth oedd disgwyliadau Geoff i lawr grisiau. Wyddai hi ddim beth roedd hi yn ei ddisgwyl gan Geoff. Ond fe deimlai y gallai fod yn rhannu'r un gwely â fo y noson honno – yn cael noson o ryddhad rhag y gŵr – petai hi eisiau hynny. Teimlai fod y peth o fewn cyrraedd. Bu Geoff yn traethu ar y ffôn dros y misoedd am ei briodas yntau mewn dyddiau anodd, a geni'r plant, a theimlai Laura ei bod hi'n 'u 'nabod nhw'n iawn. Hoffai hithau gael plant.

Teimlai'n falch ei bod hi wedi cymryd y cam, wedi torri ymaith am un noson o hual a rhigol undonedd bywyd efo Ralph a'r galwadau ffôn hwyr i gyfeillion y gwasanaeth radio ar ôl iddo fynd i glwydo. Lle bu'r caredigrwydd, y blodau a'r hwyl cynnar yn eu perthynas, diflannodd hynny'n deledu a chaniau a hithau'n gwingo â'i golwg at y wal. Ffieiddiai'r carchar diddim tawedog. Teimlai braidd yn euog ei bod hi wedi dod cyn belled â Swindon i leisio'i phrotest, ond roedd yn rhaid cyfarfod â'r llais ar y ffôn. Teimlai unwaith, tasai Geoff wedi ei gweld, y byddai'r rhamant wedi darfod, ond . . .

Tra yn y bàth cofiodd eiriau un arall o gyflwynwyr Radio Ysbyty'r Ffin a'i stiwdio gynnes a'r olygfa tua'r waun. Gŵr arall. Rhywsut roedd ganddi well perthynas efo dynion – doedden nhw ddim mor bitslyd, ddim yn seirff, ac fe ddylai hi wybod, roedd hi'n ferch ei hunan. Rhybuddiai ei ffrind fod pobl yn credu yn nedwyddwch amgenach y man gwyn man draw, ond bod modd addasu'r hyn oedd ganddi'n barod.

Meddyliodd, wrth sychu ewyn gwyn sebon y Body Shop rhwng bysedd ei thraed, am Geoff. Roedd ganddo wraig dda ac ystyriol, ac efallai fod pob priodas yn byw dyddiau a chyfnodau gwael. Ond bu'n rhaid dod yma, i'r bàth yn Swindon, o'r sefyllfa gyfarwydd i weld pethau'n wrthrychol. Dyna oedd yn bod efo bywydau ym Mangor Is-y-coed a Swindon. Rhigolau. Doedd Ralph ddim mor ddrwg na ellid dygymod, na gwraig Geoff hithau. Amgylchiadau oedd wedi eu newid os o gwbl. Beth bynnag, roedd Laura'n mynnu newid, am chwarae Meatloaf ynghanol James Last a Richard Clayderman. Osgoi canol y ffordd weithiau.

Daeth geiriau Rosie, ei ffrind lliwgar o'r tŷ bwyta yn yr Arcêd, i'w meddwl: "Os wyt ti'n rhoi dy fryd ar Mr Perffaith yn unig, 'dio'm yn ddigon achos gei di ddim cyfarfod â Mr Ychydig Is Na'r Angylion, Mr Iawn, na Mr Reit Neis ar daith bywyd." Lled-wenodd i'r drych stemlyd, ond roedd eisoes wedi penderfynu.

Teimlai ei bod hi wedi ymolchi'n lân, yn lanach nag a wnaeth ers hydoedd. A'r bore canlynol, ar ôl gwely sengl a brecwast digon gwaraidd, rhybuddiodd Laura Geoff i beidio byth â dod i gysylltiad efo hi eto.

A bu ei hymadawiad plygeiniol i'r tacsi mor ddistaw â'i dyfod.

CYNHESRWYDD CARREG

Ymson cerflun Eleanor Rigby
yn Cavern Walk, Lerpwl

Dw i'n cael pob math o bobl yn dod yma ar y fainc efo
fi. Mae hynny'n swnio'n ofnadwy, ond fe fuasech chi'n
synnu! Y dysgedig a'r hipi, a 'dan nhw ddim yn
meddwl 'mod i'n sylwi. Maen nhw'n cael cysur o ddod
ata i i fwrw bol, i deimlo'n gyffredin efo fi yma'n
bwydo'r adar o'r hen bapur *Echo*. Brenhines
unigrwydd. Mi fydda i'n chwerthin i mi fy hun wrth
glywed fy hen ffrindiau am y gore yn gweiddi 'Echo!'
bob prynhawn i lawr y Cavern Walk newydd 'ma. Mi
fydda i'n teimlo fel gweiddi'n ôl. Fysa pawb yn cael
braw wedyn!

Does 'na neb yn malio go iawn nac yn sylwi – ddim
hyd yn oed ar fy ngherflun i – dim ond pobl o ffwrdd
yn hymian fy nghân ac yn tynnu llun dan chwerthin a
gosod eu hunain wrth fy ochr i. Rhai yn gafael ynof fi.
Anifeiliaid. Eto, mi fuasech chi'n synnu pwy sy'n gorfod
dod at Eleanor yn ôl.

Ma' nhw 'di rhoi rhyw arwydd *'Road Works'* wrth fy
ochr i yr wythnos yma – gobeithio nad yden nhw'n
bwriadu fy symud i oddi yma. Mi ges i ddigon o hynny
pan oeddwn i'n fyw. A dw i dal yma.

Mae 'na ambell un yn codi'i thrwyn arna i hefyd – un o Lerpwl sy'n symud i'r Sowth 'ne i fyw, a rŵan ddim yn hitio 'run daten amdanom ni sydd ar ôl fyny fan hyn ynghanol y diweithdra a'r hen borthladdoedd yn cael eu troi'n farchnadoedd. Pobl sy'n meddwl ein bod ni i gyd yn dwyn ceir, a ddim yn casglu'n sbwriel. Mae awel yr hen Ferswy 'na wedi chwythu'n groes a chref ambell dro, a'r bobl yn dod at ei gilydd. Ambell gwmwl du i guddio'r haul.

Daw pobl ifanc i drio'u *trainers* newydd ymlaen ar y fainc. Pethau ydy popeth iddyn nhw y dyddiau hyn, nid pobl. Daw ambell un arall i daro fy mhen i weld a dw i'n iawn. Ond dw i'n gallu maddau llawer o bethau i bobl ifanc. Nid y nhw ydy diawled yr hen ddaear 'ma. Cael eu harwain maen nhw. Ond dw i'n cofio un fadam fach ddigywilydd efo'i thawch gwallt, yn ei daenu o ar fy hyd i, ac yna'n gadael hanner ei *cheeseburger* o McDonald's ar y fainc.

Mae 'na un creadur yn dod i eistedd bob amser, a thro dwytha mi ddeudodd rhywun wrth fynd heibio – un o New Men y ganrif newydd 'ma: *"Look at him, he's just like her"*. Ac mi wenodd o'n ôl ar y ddynoliaeth galed 'ma. 'Ngwas i. Gwenu trwy ddagrau yn ôl, ac yntau'n ŵr busnes llwyddiannus, roedd o'n gweld bod mwy i fywyd. Mae o'n debyg i mi, yma ymhob tywydd, yn atgoffa pobl o unigrwydd, y twll yn y bol, y gwagle o fod ar eich pen eich hun – yn y dyrfa hyd yn oed. Fi ydy pob unigrwydd. Well gen i'r fainc na meddwl mynd adre bellach. Mae gartre'n brifo fwy na'r fainc.

Mae'r pync yma, yr alcoholig a'r gwrthodedig, y rhai nad oes mainc arall iddyn nhw. Maen nhw'n gweld rhywbeth yn gyffredin ynof fi, a ma' nhw'n gallu teimlo'n gyffyrddus, yn gallu uniaethu â mi. Y wraig â'i gwallt newydd ei drin, y cardotyn yn byw yn ei flwch cardbord. Pob ing, pob loes, pob colled, ma' nhw i gyd yn cael eu lleisio a'u hwynebu yma. Pwy 'sa'n meddwl y basen nhw'n deud wrth ddarn o garreg? Yr hyn 'dan nhw ddim yn ei weld ydy 'mod i'n gynnes, gynnes y tu mewn. Dipyn bach fel y byd sy'n mynd heibio tasen nhw'n ei wynebu o. Yr hyn 'dan nhw ddim yn ei ddallt ydy, 'mod i'n clywed. Cudd feddyliau'r galon – dw i'n cael ambell un o'r rheiny. Fysa ambell un yn arfer gwneud i mi wrido, ond dw i'n gallu cuddio'r peth yn reit dda rŵan 'mod i'n garreg. Ond does dim gwrido ar ôl yn dilyn fy mhrofiadau i, Eleanor Rigby.

Daw ambell un â'i baned a'i frechdan yma, ond y rhai a ddaw ag ofnau briwedig y galon yw'r mwyaf eu croeso. Fel f'ofnau i. Mi fydd y bobl sy'n gaeth i gyffur yn cael lloches, a'r rhai sy'n ei wthio fo, y stwff caled, yn dod yma efo'u pecynnau bach, ond dw i'n union fel unrhyw fainc arall iddyn nhw. Dw i'n gwybod eich bod chi'n synnu fod hen wraig fach ddiniwed fel fi wedi clywed am y stwff caled, a phethau felly, ond dowch, agorwch eich llygaid, mae o yma o'n cwmpas.

Anaml iawn y daw cariadon yma am sbel hir. Falle eu bod nhw'n teimlo'n ymwybodol a minnau'n fan hyn yn edrych arnyn nhw. Gwsberan go iawn. Mi ddaw ambell hen wraig ddigon tebyg i mi, fel tasen nhw isio siarad rŵan. Pan o'n i o gwmpas fy mhethau, doeddwn i ddim yn gwybod fod yna gymaint ohonon ni! O leiaf dw i o ryw ddefnydd, felly – "Eleanor Rigby wedi canfod ei hystyr a'i photensial fel darn o garreg". Dyna feddargraff, ond dw i ddim mewn bedd, yn nac ydw?

Chwerthin. 'Dach chi'n gorfod gwneud weithia ynghanol dagra. Mae bois llnau'r ffordd yn dod yma, a dw i'n licio hynny achos ro'n i'n eu 'nabod nhw mewn bywyd blaenorol, i ddweud: "*Haia chuck. How yer doin?*" Roedden nhw'n sôn fod Priscilla yn ôl yn dre, wedi dod i swancio a smalio mewn Rolls Royce mawr gwyn. Dw i'n cofio pan oedd hi'n cymryd cotiau yn y Cavern, ac yn dweud helô wrth bobl fel fi, a gwenu. Hogan o Scottie Road. Ond dyna fo, efallai y buaswn i yn swancio 'tawn i wedi cael y cyfle. Fedrwch chi ddychmygu mynd â fi yn fy nghyflwr presennol rownd Lerpwl mewn Rolls? 'Dychweliad y Gorgon'!

Dw i'n gwamalu rŵan, ond does 'na'm llawer o wamalwyr yn dod yma – ambell glown, ond dw i'n gallu gweld drwy eu chwerthin nhw at y dagrau. Methu deall eu dagrau, a chuddio dagrau maen nhw gan mwyaf, yn lle cael gwared ohono a'i fynegi.

Ond waeth i mi heb â phregethu. 'Dan nhw ddim yn lecio hynny heddiw. Pobol. Bod yma iddyn nhw sy'n bwysig.

TRAETH Y BROC MÔR

Bu'n arferiad gan Jeanne i fynd at y cefnfor am ddeuddydd neu dri bob blwyddyn. Eto arhosiad byr fyddai hwn – nid y math o le y rhoddai Jeanne ei dillad yn y drôr.

"Rhaid i chi weld y broc môr ar y traeth – y gwreiddiau a'r cyfan." Dyna gyngor Claudia, yr athrawes hanner cant oed o San Francisco a ddigwyddai fod mewn caban cyfagos. Roedd Claudia yn un o'r bobl a ddeuai yn ôl at draeth maboed gan ei bod hi'n cael ei chydnabod yn yr ardal wledig hon. Doedd pethau ddim yn newid fan hyn. Roedd yn fan pererindod, er bod ambell *buggy* swel wedi dechrau chwyrlïo heibio a sgrialu yn y tywod lled-dywyll gan falu'r cregyn sêr.

Dyna'r peth cyntaf y sylwodd Jeanne arno ar y traeth. O fân wellt y twyni gellid gweld yr un broc môr bendigedig yn coroni'r traeth. Godre coeden a'r gwreiddiau ychydig yn y golwg, wedi ei chludo yno gan y Môr Tawel, a'i gwaddodi gan rym y llif oer o Alasga. Min nos y cafodd ei gweld gyntaf – yr haul yn machlud y tu ôl i gymylau, a goleuadau'r cerbydau ar y traeth yr unig wir olau ar ôl. Roedd rhywbeth wedi ei adael ar y traeth ac fe fyddai rhywbeth arall yn cael ei adael cyn diwedd y penwythnos, ger y cefnfor, ymhell o ruthr amserlen dinas Seattle. Roedd ambell goeden unigol ar y gorwel ar ôl, a'r goedwig o'i chwmpas wedi ei rheibio.

Roedd broc môr bae cabanau *'Ocean Spray'* yn hynod. Weithiau byddai aderyn y môr ar ei ben yn cyweirio'i blu, dro arall rhywun yn ei gysgod yn cuddio. Ceid rhannau ohono â'r rhisgl wedi ei fwyta ymaith, darn arall yn ddu fel croen neidr, rhannau eraill yn wyn wedi eu golchi'n lân. Ceid rhannau eraill lle'r oedd hen brofiadau iasol oes wedi eu naddu i mewn i'r rhisgl. Darnau hyll a rhannau llyfn, hardd. Ar y cyfan doedd y traeth gerllaw ddim yn rhy boblog, ambell farcut rhwng taid a phlentyn, ambell blentyn am herio'r tonnau efo rhwyd gimwch neu fwrdd syrffio llai na rhai breuddwyd Americanaidd Califfornia.

Doedd dim ond ychydig o fân oleuadau'r glannau i dynnu oddi ar rŵan a nawr eu profiadau ar y penwythnos hwn, dim ond y cefnfor rhyngddyn nhw a'u profiad. Ceid un tŷ yn y twyni efo simdde ryfedd a edrychai fel rhywun ar y to yn gwyro. Roedd y caban ychydig yn ôl o'r traeth gyda thir oedd ag arwydd 'Ar Werth' arno, a'r oes hon o gynnydd diatal yn prysur fygwth adeiladu ar y perffeithrwydd naturiol. Roedd y tir rhwng y caban a'r môr, fel mab Jeanne, eto ddim yn barod i adael broc môr arno. Roedd ei brofiadau ef i'w byw a'r gorwel o'i flaen, fel ei gi yn rhuthro ar ôl adar y glannau gan fyth fwriadu eu brifo. Roedd y traeth ei hun yn peri i bobl ymagor ond y tir gerllaw yn anodd ei drin, ac fe fyddai'n anodd ei werthu. Trwy ryw drugaredd efallai y byddai ar werth am byth.

Deuai pobl i nôl eu coed tân yno ar gyfer stormydd

tymhestlog y Môr Tawel yn y gaeaf, teuluoedd i hel priciau, a babanod i'w gollwng i ganol y lôn syth. I'r ychydig ddyddiau hyn o bendroni i Jeanne fe fu'n ddelfrydol, yn niwtral, yn fendigedig. Roedd y ffordd yn gul ac yn syth at y traeth hyd yr arwydd 'County Road Ends' fel unigrwydd y siwrne i'r terfyn bydd yn rhaid ei gyrraedd.

Roedd Jeanne wedi ofni'r penwythnos o arafu ar ei hamserlen gyflym, gyflym, achos roedd arafu a stopio yn golygu wynebu pethau. Roedd yn bwysig iddi siarad â'i mab. Ysgarodd Jeanne ei gŵr, a magu mab, ac roedd ar fin cychwyn cyfnod newydd yn ei swydd ar ôl teimlo ei bod wedi ei dibrisio'n llwyr gan fwydo cyfrifiadur yn dragywydd. Am flynyddoedd bu'n parhau â'r busnes oedd gan ei mam ar un adeg – sef gwerthu hidlwyr awyru ceir i gwmnïau ar hyd arfordir y Môr Tawel, a bu'r swydd hefyd yn cuddio ei gwir dalent am farddoni a dadansoddi seicolegol. Pan wahanodd â'i gŵr ac y bu farw ei mam wedi gwaeledd maith fe gafodd gyfnod anodd o ddiweithdra. Yna gwaith hollol gyffredin yn diweddaru ffurflenni budd-dâl i'r henoed. Ond roedd rhywun wedi gweld ei gallu efo pobl ac am roi'r cyfle iddi fod yn cyf-weld yr henoed, rhywbeth a fyddai'n ei hymestyn, ac a ddibynnai ar ei sgiliau cyfathrebu llachar.

Am flynyddoedd, oherwydd ei chysylltiad drwy ei mam â Chymru, bu'n aelod o Gôr Cymraeg Puget Sound, ac yn y gymdeithas honno fe gafodd lais i'w brwdfrydedd efo barddoniaeth a'r 'henwlad'. Gydag amser mi welodd hithau genfigen yn y côr Cymraeg, ac fe gostiodd eu sylwadau cul am ei pherthynas ag aelod arall yn y côr yn ddrud. Cefnodd hithau fel llawer un arall gan ddod yn ymylol i'r bywyd Cymraeg hwn ar benrhyn pell. Er mai hi a helpodd i ailgodi'r gymdeithas Gymraeg fel rhan o ddiwylliant Seattle, roedd rhai eraill a ddaeth i mewn yn hwyrach efo'u hacenion Cymry Llundain yn ceisio cael gwared ar unrhyw un a fyddai'n debygol o fod yn gystadleuaeth. Bellach, roedd hi wedi ei hysgaru oddi wrth y gymdeithas alltud a helpodd hi i ymgyrraedd at ei gwreiddiau. "Yr hen drwynau 'na yn Bellevue." Penwythnos o gydnabod a siarad â hi ei hun mewn caban sigledig ar gwr y cefnfor oedd canlyniad hyn i gyd!

Deffro fore Sadwrn i sŵn ffa coffi'n cael eu malu, cartwnau ar y teledu, a'r ci yn cael sylw – a'r seiniau'n eglur drwy waliau tenau'r caban. Treuliwyd amser yn peidio gwisgo'n drwsiadus, ac yn cerdded ar hyd y traeth yn y glaw mân neu'r heulwen.

"Mae 'na fae yn llawn o froc môr wrth drefedigaeth yr Indiaid." Roedd Claudia eisiau iddynt weld pob darn o froc môr ar arfordir Washington. Roedd yn rhaid troi wrth fedd y plant bach Indiaidd. Cafwyd rhywbeth anesboniadwy'n peri marwolaeth yr Indiaid bach, ac roedden nhw wedi bod yn archwilio chwistrellwyr ar dir. Am feichiau oedd gan yr Indiaid i'w cario! Dyna brofiadau trymion ac anodd oedd gan rai i'w hildio'n froc môr, tra bod eraill yn gwneud môr a mynydd o'u beichiau bychain.

Ar draeth y Sadwrn roedd olion erydiad yr arfordir lle bu stormydd y gaeaf yn tynnu coed o'u gwraidd. Edrychai fel traeth problemau pawb erioed – hen wreiddiau, hen ddarnau, holl lanast bywydau. Mynd drwy'r drws cefn i fyd dysgu a wnaeth Claudia, ac roedd hi efo rhai pump oed ac yn gwneud llawer o blygu. Yng nghysgod y Golden Gate doedd dim cymdeithas wyliadwrus, ond bob tro y deuai yn ei hôl at y cefnfor genedigol roedd hi'n teimlo'n gartrefol, a phobl yn ei hadnabod, ac roedd hi'n perthyn eto. Roedd hi'n fodlon plygu at y plant bach am ychydig eto, er mwyn y plant nid y gyfundrefn.

"*You sure sound like a great teacher to me,*" meddai Jeanne, ac atebodd yn ddiymhongar:

"*I'm still speechless at some of these faculty meetings, and on our in-service days. They're so long and such a waste of time.*"

Ar hynny daeth sŵn arferol y ci yn ôl at froc môr y machlud. Gydag o roedd Jim, mab bychan un ar ddeg oed Jeanne. Bu'n prynu tân gwyllt yn siop yr Indiad yn gynharach yn y dydd, a daeth â chyflenwad i'r traeth i ddarparu sioe. Yn hwyl greddfol pethau dywedodd Claudia mai dyna oedd uchafbwynt ei noson ar ôl ei phryd unigol i ddathlu'r dychwelyd ym mwyty'r *Dunes*. Mwynhaodd y clecian heb symud tra oedd Jeanne yn gorchuddio'i chlustiau a neidio efo'r ergydion. Mae'n rhaid fod Claudia yn gyfarwydd â mwy o stormydd, ac eto'n dal yma'n dyfalu. Roedd wedi gweld ochr arall i San Francisco oedd yn wahanol i'r tywydd teg a'r awelon ffri oedd yn nodwedd mor braf yno.

Roedd Jim yn gwmni bendigedig, yn dân gwyllt o egni byw byrlymus a hwyliog un ar ddeg oed. Weithiau'n oedolyn, weithiau'n blentyn, prif ddiben y penwythnos iddo fo oedd cael mynd â'r ci am dro, ac i gael mynd i'r sefydliad Indiaidd i brynu mwy a mwy o dân gwyllt. Hefyd, fin nos, fe fynnai wylio cyfres ffilmiau *Friday 13th* un ar ôl y llall ar yr orsaf gebl a geid wrth y cefnfor. Roedd Jeanne wedi ymuno efo Jim i weld diwedd y ffilm, ac roedd y gerddoriaeth yn hyfryd a chysurus. Ond pan ddaeth Jason o'r dŵr fel hen hunllefau fe sgrechiodd yn uchel i'r nos.

Roedd pob dydd wrth y cefnfor fel diwrnod dathlu annibyniaeth, ac fe ddewisai Jim danio'r tân gwyllt ger y broc môr – eu harogl chwerw yn gymysg â'r heli. Ceid y llythrennau PT + FL wedi eu cerfio ar risgl y ceubren fel Rhys a Meinir yn Nant Gwrtheyrn. Pethau rhad, byrhoedlog o Tsieina oedd y tân gwyllt, yn cadw Indiaid y sefydliad mewn cadwynau ac yn bethau oriog a newidiai liw yn yr awyr, ambell un yn teithio'n bell, eraill ychydig cyn ffrwydro'n wyllt. Hoffai Jim eu tanio ar hyd y lôn o'r caban at y môr hefyd, a synnu pa mor bell yr âi rhai ar eu taith, hyd yn oed yn llorweddol. Rhyddheid y cwbl yn fentrus ac eofn i'r awyr. Wedi i'r saethu i'r awyr fynd yn rhy undonog fe roddai hwy â'u pennau i lawr yn y tywod a'u tanio gan greu mân ffrwydradau, ond fawr o newid yn fframwaith y tywod.

"Y tu mewn dw i'n dal fel Jim," meddai Jeanne wrth Claudia. Roedd y traeth yn lled gyfarwydd i Jeanne hefyd oherwydd cysylltiadau ei mam â'r ardal, ac arferai'r teulu gael brechdan wystrys hyfryd ar y ffordd i'r cefnfor yn yr hen *salon* enwog yn Olympia.

Yn ôl yn Seattle roedd gan Jeanne gariad oedd yn ddyn rhy glên yn ôl ei benaethiaid i werthu hysbysebu, ac roedd ei swydd yn y fantol. Doedd o ddim digon ymosodol, ac roedd hi'n dechrau meddwl am wynebu mynd yn ôl ar ddiwedd y penwythnos i godi ei galon o. Roedd penaethiaid newydd yn ei waith yn gwneud pethau'n anodd iddo – yn gofyn iddo werthu mwy ond yn lleihau'r cyflog craidd, a chwyddo'r bonws am fwy o werthiant. Roedd Anton yn deall Jeanne, a Jeanne yn un yr oedd arni angen i bobl ddweud hynny wrthi'n weddol aml. Roedd Anton yn berson da, moesgar, ond roedd rhyw siniciaeth galed wedi hen ymsefydlu yn ei berson ac roedd o yn erbyn pob math o gyfundrefn grefyddol. Gallai hiwmor negyddol ac agwedd felly yn barhaol danseilio, ond nid newid, boneddigeiddrwydd cynhenid Jeanne.

Bu trafod gwahanu efo Claudia yn werthfawr. Gwahanodd Jeanne oddi wrth ei chariad ysgol a ddaeth yn dad i Jim. Wedi'r gwahanu efo Rod fe ddaethon nhw'n fwy o ffrindiau, ar ôl i'r brifo fynd heibio. Doedd dim amser i chwerwder nac egni negyddol wrth fagu Jim. Bu iddi fesur a phwyso popeth, gan edrych ar ôl ei mam – a oedd yn marw – a'i chwaer fethedig. Ond fe ddaeth hi drwy'r drin. Oedd, roedd yn brifo pan oedd ei ffrindiau'n cael gwahoddiad i ail briodas ei chyn-ŵr, a nhwythau â'u cyllyll dirgel yn dangos y gwahoddiad iddi. Ond fe lwyddodd i gadw ei hunan-barch gan fod tipyn o urddas yr Indiaid yn ei gwaed yn rhywle.

Roedd Anton yn byw ar gwch ar Lyn Washington ac yntau hefyd wedi bod drwy ysgariad ond dim plant ganddo. Doedd dim pwysau arno i fod yn ddyn teulu, gan ddod â'r hen ysbrydion yn ôl, a'r hen dapiau a fu'n chwarae yn ei ben cyhyd. Bu Jeanne yn aros am hir i wybod yn union beth oedd yn iawn i'w wneud efo hyn. Nid oedd wedi ei hargyhoeddi'n llwyr er ei fod o'n cael rhan bur amlwg yn ei bywyd yn y ddinas. Roedd hi'n gallu smalio bod yn bur fodlon, beth bynnag. Roedd hi eisiau iddo rannu efo hi ac eto, weithiau, gallai fod fel rhew, ac yna'n gynnes drachefn. Y prif dro y cafodd hi ei hysgwyd oedd pan na ddywedodd "Llongyfarchiadau" ar ôl ei dyrchafiad diweddar yn ei swydd newydd. Dim galwad ar y pryd ar ddiwrnod mor bwysig.

"Rydw i isio bod y peth pwysicaf yn ei fywyd, ond dw i ddim yn gwybod a ydy hynny'n bosibl. Yr hen si-so yna sy'n fy rhwystro rhag rhoi fy enaid. Mae 'na lot o gwestiynau heb eu hateb."

Roedd yn rhaid iddi benderfynu y penwythnos hwn a oedd y cyfan yn werth yr ymdrech. A byddai'n rhaid iddi ddweud wrth Jim.

Roedd yr ymyrraeth teledu yn dod yn ôl ar y rhwydwaith cebl ar yr ail noson gan ei bod hi'n benwythnos ffilmiau *Friday 13th*.

"Be 'di hwn, *Friday 13th* rhan 27, Jim? Dw i'm yn gwybod pam ma' nhw heb lenwi Crystal Lake efo graean ar ôl y gyntaf, a chladdu Jason efo fo." Ni allai neb ond Jim wynebu'r arlwy ac roedd y sgrechiadau'n amharu am ychydig ar ei chwsg, nes i Jim gael llond bol ar y gwylio.

"Sut oedd y ffilm?"

"They ate him for a snack and spat him out."

Teimlai Jeanne yn agos iawn at ei mam yn yr ardal hon ger y cefnfor, yn agos at ei synnwyr digrifwch a'i hwyl. Yr unig un a ddeuai'n agos at y syniad yna o hwyl, rhaid cyfaddef, oedd Anton, a Jim wrth gwrs. Arferai hithau'n blentyn ddod i'r ardal hon ac aros mewn cabanau ychydig yn is i lawr yr arfordir ac ymweld ag ewythr a modryb.

Ychydig i lawr yr arfordir, yn wir, roedd Bae Broc Môr Claudia yn llawn o'r holl atgofion a hiraeth nas gwireddwyd. *Driftwood Bay.* Traeth o froc môr enfawr nad oedd wedi'u herydu ond yn hytrach wedi'u cludo efo'r llanw a'u hyrddio yn nicter gaeaf ar y lan. Cafwyd llwybr lleol drwy'r llwyni llus a'r mwyar duon gwyllt a wnaeth bastai mor wych fel pwdin i Claudia ym mwyty'r *Dunes.*

Broc môr. Profiadau bychain, mawr, hunanol neu amherthnasol, roedd y cefnfor yn gysurwr tan gamp ac yn fodlon codi cywilydd neu euogrwydd a'i ddyfrio a'i gysuro, a dwyn y boen ymaith ar gefnfor Cariad. Yn ddiwahân roedd y broc mawr a bach yn mynd i gael eu casglu gan y llanw yn y man. Ond roedd un broc môr gerllaw'r caban pren yn ddigon ar ôl gweld casgliad y bae enwog.

Meddyliai Jeanne am Anton yn treulio'i nos Sul yn crwydro ardal y brifysgol yn Bellevue yn chwilio am fargeinion mewn siopau llyfrau ail-law – unrhyw beth i ddileu bore Llun. Adfywiai ef wrth gofio'r symudiadau gitâr i '*House of the Rising Sun*' ac eraill o ganeuon y chwe degau. Byddai'n arwain y caneuon yn ei ddychymyg fesul curiad wrth yrru. Yn wahanol iddo ef, yn casáu meddwl am fore Llun a'r "hard sell" oedd o'i flaen, ni fyddai'n rhaid iddi hi godi am bump a dal bws chwech yn ei swydd newydd. Am y tro cyntaf, pan ddychwelai, câi'r cyfle i ddal y bws am chwarter wedi saith i gyrraedd ei gwaith erbyn wyth, a delio efo pobl o gig a gwaed, nid peiriant ac e-bost yn unig.

"Dw i'n gallu edrych ar y broc môr – y lliwiau yn y rhisgl a'r moelni o'i gwmpas – a meddwl am y ddelwedd. Roedd y ddelwedd o gwmpas genedlaethau yn ôl a phobl yn sylwi ar yr un peth, a'r cysylltiad yn cael ei wneud – y perthyn. Rŵan, dydy gafael mewn cwpan plastig o *latte* am saith y bore, a phawb yn eu hyfed wrth fynd i fyny'r esgynnydd i'w swyddfa, yn cysylltu efo dim byd."

Yn y gwyll oleuni cyn dychwelyd am y ddinas fore Llun y cafwyd y sgwrs.

"Jim, mi fedra i fod yn wirion o dy flaen di, ac eto dangos rhannau ohonof fy hun y bydda i'n ei chael hi'n anodd gwneud efo neb arall. Mae gen i gymaint o barch tuag atat ti, a dw i am i hwn swnio'n iawn. Dw i isio i ti wybod, os ydw i'n priodi Anton, nad ydy hynny'n gwneud dim gwahaniaeth i ni'n dau. Roeddwn i isio i ti wybod hynny."

Derbyniodd Jim y dynged yn dawel.

Yn ystod yr arhosiad fe adawodd Jim olion y tân gwyllt ynghyd ag ambell dun o Diet Coke ar ôl ar y traeth gerllaw'r broc môr, a'r bore olaf roedd wedi addo mynd ati i hel yr holl sbwriel i un cwdyn, yr olion i gyd – fframwaith maluriedig hen freuddwydion, hen atgofion hir o brennau tila, gobeithion marw o sbarclyrs, – addawodd eu cribinio a'u hel yn lân gan adael y broc môr fel y bu. Ond erbyn bore Llun roedd wedi anghofio'i addewidion amgylcheddol. Roedd yn rhy gynnar yn oes Jim iddo adael unrhyw beth ar ôl yng nghysgod y broc lle ceisiodd cenedlaethau ysgrifennu eu negeseuon arno. Roedd lle eto i Jim wynebu ffrwydradau lliwgar bore oes, ac roedd Jeanne a Claudia angen dipyn o'i hyder greddfol a'i frwdfrydedd i ganfod meysydd a ffyrdd newydd. Oedi er mwyn canfod y ffordd ymlaen yr oedd y ddwy.

Bu Jim yn arbrofi efo gadael nwy y taniwr i mewn i dun Diet Coke ac yna ei danio'n fflam, heb eto synhwyro perygl. Bu'r tân gwyllt yn chwyrlïo o bob ongl ac fe geid fflach yn ei lygaid pan âi ambell dân gwyllt ar lwybr annisgwyl ac unigryw. Roedd yn blentyn yr oedd pawb yn ei garu a chyd-ddigwyddiad oedd bod ei ffrind pennaf yn mynd efo'i frodyr i wersylla ym mynyddoedd y Cascades. Bu'n ddigon bodlon yn bwyta'i Fruit on the Roll, ac yn cerfio'i enw ar risiau'r caban. Byddai'n ddigon hapus ar y ffordd adre i roi'i ben allan drwy'r ffenestr a dweud *It's happening* wrth gar gerllaw, er fod ei fam yn ei annog i beidio bob tro.

Roedd Jim, er gwaethaf ei sôn a'i frwdfrydedd arwynebol, yn rhy ifanc i adael broc. "Fe ddaw rhywun arall yno a rhyddhau'r tân gwyllt a chlirio'r cyfan i fyny." Dyna oedd ei obaith plygeiniol. Felly, efo'r bag plastig a gariodd y manion o'r siop, cychwynnodd Jeanne ar ei thaith unigol olaf at y broc gan bigo ambell ddarn esgymun ar y ffordd. Roedd yn ymwybodol fod llawer ohonynt yn bapur a fyddai'n toddi i'r cefndir, ond eto byddai rhai'n cymryd blynyddoedd i ddadwneud ac yn rhwystr i rediad dan-draed rhwydd plentyn â delfrydau. Roedd hi wastad fel petai'r llanw ar ei ffordd i mewn, a'r broc yn cynnig posibiliadau.

Trodd glaw mân y noson cynt yr olion tân gwyllt yn sitrws, ac roedd y tywod wedi claddu'r gweddill yn barod. Eto i gyd roedd y prif ffrwydrwyr i'w gweld yn tagu bôn y broc môr. Hen flychau o ffrwydradau, hen dân gwyllt boliog o obeithion neu linynnau plastig pinc o ddyheadau seithug wedi eu casglu i'r cwdyn plastig i'w taflu am byth. Roedd y broc yn barod i'w adael.

Roedden nhw'n dal i fod yn bobl oedd yn credu yn Chwedl y Cregyn Sêr yma – doedden nhw ddim isio rhwygo'r canol allan ohoni gan wylanod. Roedd chwedlau'n dal i fod, hyd yn oed os oedd pobl am gadw draw oddi wrthynt. Codai'r haul rhwng y coed a reibiwyd, a thaenlen o wlybaniaeth cawod y nos a gwlith y bore'n disgleirio cyn anweddu. Ceid pigiadau o sŵn adar y twyni, a'r cymundeb wedi ei adnewyddu. Roedd sgwrs atseiniol y caban gwyliau gyda Jim yn oriau mân y bore wedi chwalu'r ofnau. Pan oedd y wawr yn chwarae efo'r syniad o ymddangos. Dim ond sŵn buddugoliaethus y cefnfor oedd yn weddill, a'r broc trwm wedi ei ildio a'i adael.

Hwliganiaid

Deuai'r bobl i'r gwasanaeth hwyr yn gynnar am ryw reswm y Sul hwnnw – efallai gan ei bod hi'n Sul cyn y Nadolig a phawb wedi dod yn gynefin â rhuthro. Roedd drysau pren enfawr yr eglwys hynafol ar agor led y pen, a'r nos yn cyd-gyfarfod â'r gwres yn y cyntedd carreg, a'r ddau aelod oedd yn croesawu wrth y drws yn falch eu bod nhw wedi dod yn gynnar iawn am unwaith.

Cyrhaeddodd Desna'n hael ei chyfarch a'i gwên barod. Gwraig oedrannus oedd hi ac eto roedd tinc o ieuenctid yn dal i fod yno. Roedd hi'n byw ar ei phen ei hun ar gyrion y dref, ond teithiai i'r canol i addoli yn Eglwys y Plwyf. Roedd tŵr yr eglwys yn ganolbwynt i'r holl ardal, yn cymell o'r priffyrdd a'r caeau. Heno roedd ganddi rywun iau na hi yn gwmni. Gŵr cymharol ifanc. Dim gair o esboniad wrth fynd i mewn, dim ond derbyn y daflen wasanaeth a mynd i eistedd yn y man arferol yng nghysgod un o'r pileri cefn. Siaradai â'r gŵr diarth yn bur hamddenol, a gwelid cegau a chlustiau ambell un o'r selogion yn gwyro tuag at y nesa atynt i holi "Pwy 'di o?" a'u symudiadau'n gwneud i'r seddau pren wichian.

Roedd Desna'n addoli ei heglwys. Dim ond neithiwr y bu'n stryffaglu i gloi'r lle yn y tywyllwch. Y tro cyntaf iddi geisio cloi'r drws a gosod y larwm diogelwch mi adawodd olau ymlaen yn un o gapeli'r ochrau. Wedi bod wrthi'n gosod llestri te yr oedd hi ar gyfer pawb yng nghyfarfod y Gymdeithas Heddwch fore trannoeth. Ond roedd Desna wedi cymysgu'r nosweithiau – y tro hwn roedd y grŵp yn cyfarfod yng Nghapel y Bedyddwyr – un o'r pethau 'ma oedd yn teithio o le i le oedd o. Cytûn, ond bod pawb yn ffraeo, ac fe deimlai y byddai'n well iddi ymddangos fel petai hi'n ei gefnogi.

"Wel, roeddwn i'n meddwl yn siŵr mai yn ein heglwys ni roedden ni i fod i gyfarfod," meddai gan ochneidio. Roedd ganddi fwnsied da o oriadau ac un ohonynt yn oriad i'r eglwys. Sut y cafodd hi afael ar oriad doedd neb yn gwybod, gan nad oedd hi'n swyddog yno. Ond rywsut fe gafodd hi ryw gyfran o awdurdod dros fynd a dod pobl i gyfarfodydd ymylol yr wythnos. Efallai fod hynny'n rhinwedd yn yr Eglwys ar un cyfrif.

Penderfynai Desna pa bobl oedd yn haeddu'r ansoddair 'sbesial', ac roedd yn arbennig o dda am wneud sylw ffwrdd-â-hi wedi'i hen ymarfer am absenoldeb pobl o'r gwasanaethau. Cwynai'n fynych am faner neu boster yn amharu ar brydferthwch y gangell.

"Dw i heb weld eich gwraig yma ers hir, popeth yn iawn yndi?" Dim ond gair bach yn y glust, gan hyhi a oedd yn esiampl i bawb ynglŷn â sut i fod. Ganddi hi oedd yr hawl ddwyfol i ddweud "Ust!" wrth afradloniaid a phechaduriaid y rhes gefn hwyr os siaradent yn ormodol yn ystod y casgliad. Un edrychiad a dyna fo. A fiw i blant fynd dros ben llestri yn y Gwasanaethau Teuluol arbrofol felltith 'ma. Ond doedd hi ddim yn edrych o'i chwmpas heno.

Dim ond echdoe yn y siop Gymraeg yn y dref roedd Desna wedi pwyntio at ddau yn prynu cardiau ac anrhegion Nadolig:

"Mae'r ddau'n aelodau acw, ond 'dan nhw byth yn twllu'r lle. Nac yden wir. Byth yn twllu . . . Helô, sut ydech chi ers tro? Neis eich gweld chi."

Fe'i gwelid yng nghornel Caffi'r Ganolfan Gelf yn darllen ei phapur newydd:

"Sgen i ddim amser i nofelau – ffrwyth dychymyg llawer rhy ffrwythlon. Mae'n well gen i y gwirionedd."

Siaradai Dylan ifanc, llawn syniadau delfrydol, yn bur aml â hi, a byddai un testun wastad wrth fodd ei chalon – y golled ers i'r Ficer symud, a'r rhagolygon efo dyfodiad un newydd.

"Fydd o ddim *patch* arno fo. Fydd hi byth yr un fath, yn na fydd? Roedd o'n sbesial."

Dipyn yn annheg oedd dweud o'r fath, er cystal fu'r ficer oedd yn ymadael. Roedd barn Desna yn rhagdybio'n gamarweiniol nad oedd dim gobaith i'r un newydd ifanc ddilyn ôl ei droed o – i ganlyn yr un llwybr hyd yn oed.

"Roedd o mor arbennig efo popeth – yn troi'i law at rywbeth. Mor dda efo'r henoed, yn deall pobl ifanc ac yn byw ei waith." Cytunai Dylan yn llwyr, ond siaradai fel petai hi'n trio'i argyhoeddi, neu ei gael i gydymffurfio.

"A dyna chi hi – fydd 'na fyth neb tebyg iddi hi

chwaith." Gwraig y ficer oedd o dan y chwyddwydr. Roedd hi'n hynod – yn gallu cyfuno dyletswyddau llawn eglwysig efo gwaith llawn-amser yn y gwasanaethau cymdeithasol. Bu'r anrhegu a'r dymuno'n dda wrth i'r ddau gilio yn dystiolaeth o edmygedd a chariad dwfn y gymuned gyfan tuag atynt.

"Agor eu cartre – dyna wnaethon nhw i mi – cael fi yno i gysgu yn y Ficerdy ar ôl bod yn yr ysbyty, a mynd â fi adre bob bore i mi fod o gwmpas fy mhethe, yna fy nôl i ac wedyn gwneud bwyd i mi eto. A'r cyfan oedd ganddyn nhw, yn eiddo i fi. Pobl felly oedden nhw. Sbesial. 'Dech chi'n gwybod rhywbeth o hanes y Ficer newydd 'ma?"

Bu Desna hithau yn gaffaeliad i'r ficer blaenorol a'i dystiolaeth a'i genhadaeth yn y dref – yn bresennol bob bore Iau yn y Cymun, yn twtio'r gegin adeg Grŵp yr Anabl fore Gwener, ac yn aelod taer o'r Gymdeithas Heddwch.

Eisteddodd Dylan wrth ei hochr hi a'i hymwelydd heno, yn barod ar gyfer y Gwasanaeth Nadolig gan rai o ieuenctid yr Eglwys. Wrth i'r organ seinio alawon, roedd mân sgwrsio'n cael ei ganiatáu ganddi.

"Sut mae pethau?" sibrydodd. Teimlai Dylan ifanc yn ei galon yr hoffai rannu llwyddiant y Clwb Ieuenctid efo un o bileri'r Achos – gwraig yr oedd o yn ei hedmygu.

"Rhywbeth sy 'di 'mhlesio i'n fwy na dim ydy llwyddiant y Clwb Ieuenctid."

"O, ia?"

"Agor yr eglwys ar nos Wener i bawb, i rai sydd erioed wedi bod yn agos i le o addoliad o'r blaen, a dangos iddyn nhw nad ydy o'n lle sych."

"Dyna dw i'n drio'i wneud efo'r gŵr yma. Trio cael o i ddod i mewn i'r gwasanaethau."

"'Dan ni'n cael pob math o weithgareddau – sglefrio, canu carolau, bowlio deg, a nos Wener mi gawson ni ddisgo a pharti bwyd iddyn nhw yn nhŷ'r Eglwys – hambyrgyrs, fejibyrgyrs, cŵn poeth, *coleslaws*, *pavlovas* – y cyfan. Agor y lle 'ma fel ei fod o o fewn cyrraedd i bawb."

Edrychodd Desna ar Dylan yn wylaidd cyn y gyllell, cyn i aelod pybyr o'r Grŵp Heddwch ddangos brathiad digyfaddawd.

"Nid hwliganiaid yden nhw felly? Yn rhedeg yn wyllt hyd y lle 'ma? Baeddu'r carpedi a ballu? Mi glywais i fod nhw 'di dod o hyd i ddau ohonyn nhw'n caru wrth y Groes y tu allan. Rhag eu cywilydd nhw. Hwliganiaid."

Brifai Dylan y tu mewn, trywanwyd ei ymddiried, a chynddeiriogodd ei du mewn fel na fedrai ddangos yn union fel y teimlai. Fe'i syfrdanwyd – fel cael bai ar gam am rywbeth lle y bwriadwyd gweithred mewn daioni diymhongar.

"Hwliganiaid? Dw i'm yn deall be 'dach chi'n awgrymu."

Roedd Desna yn amlwg yn anghofio am adeg yn ei gorffennol pan oedd hi'n ifanc, yn benchwiban, yn dipyn mwy o hwligan yn ôl dehongliad rhai. Oedd hi'n cofio'i phenderfyniad i yrru i'w fabwysiadu y baban a gafodd yn annisgwyl gan y ficer ifanc priod? Cafodd ei aberthu yn enw Parchusrwydd gwag bryd hynny, ond o leiaf roedd pobl ifanc heddiw'n onestach.

Ac fe ddaeth yn amlwg ar amrantiad mai fo oedd wrth ei hochr – ei phlentyn siawns hi o'r gorffennol. Yno wedi maddau iddi efallai, neu wedi dod i delerau efo'r gwrthodiad a gafodd gynt. Mab yr hwligan crefyddol.

PONTIO

Ali

Daeth Gareth adref dros y 'Dolig – tair wythnos o wyliau, ond roedd arno ofn iddyn nhw ei alw yn ôl i wasanaethu. Mi ddeudodd o wrtha i y tro dwytha: "Plis, Mam, os daw'r Heddlu i'm nôl i, paid â deud wrthyn nhw lle'r ydw i. Dw i'm isio mynd i'r Gwlff."

"Gwranda, Gareth," meddwn i, "dw i ddim yn mynd i ddeud celwydd amdanat ti – dw i'n mynd i ddeud lle'r wyt ti."

"I'm not goin' to no soddin' Gulf," medda fo a rhuthro o'r tŷ. Ond mae o'n meddwl ei fod o'n saff am dipyn achos maen nhw wedi symud yr offer a'r gwisgoedd ar gyfer yr Hyfforddi Gaeaf Caled o Gatraeth i Southampton, ac mi fyddan nhw'n mynd am eu hyfforddiant i Norwy fel yr oedden nhw wedi'i ddisgwyl. Roedd o i fod i fynd i Dwrci hefyd cyn i'r helynt yma godi'i ben eto. Mae'n costio miliynau, yr holl baratoi 'ma – mae 'na ddau o'i fêts gorau wedi cael eu gyrru yno. Ar ôl iddo glywed ganddyn nhw mi wnaeth o ymddiheuro i mi.

"Dw i'n sori 'mod i 'di deud wrthat ti am beidio â deud lle'r oeddwn i," medda fo. "Dw i'n teimlo'n ofnadwy nad ydw i allan yno efo fy ffrindia." Mi ddaeth y lluniau o'i fêts drwy'r post, ac maen nhw'n

79

aros mewn fflatiau chwaethus, ac mi roedd 'na lun ohonyn nhw'n ymdrochi ar lan y môr fel tasan nhw ar draeth y Bermo, ond bod ganddyn nhw ddim dillad. Dw i'm yn meddwl fod ganddo fo gymaint o ofn cael ei yrru i'r Gwlff rŵan. Lluniau neis iawn o'r *apartment* hefyd, a hwyl yr hogia. Ond mae o'n mynd i Norwy i ddechrau, diolch byth.

Mae'n beth rhyfedd ond mi wnaeth Gareth ddangos llun i mi y tro 'ma ohono'i hun yn dal gwn.

"Be wyt ti'n ei wneud yn dal gwn?" gofynnais i, ac wedyn mi wnes i sylweddoli mor wirion oedd y cwestiwn.

"'Dan ni'n dal gynnau o hyd, Mam."

Roedd hi'n ddigon o sioc i mi pan wnaeth o ddangos llun ohono'i hun yn ei wisg. Mi weles i o ar ei *parade* ar ôl chwe mis – mi es i i Gatraeth i weld hynny, ac roedd o'n gwisgo siwmper a throwsus a chap fflat ar ei ben, a r'wsut roeddwn i'n dal i feddwl mai felly roedd petha. Ac wedyn dyma fo'n dangos y llun 'ma ohono fo'i hun ar ei hyd yn anelu at darged, a dyma fi'n meddwl: "Dydy'n hogyn i ddim i fod i gael chwara efo gynnau". Ac wedyn mi wnes i deimlo'n wirion, achos dyna maen nhw'n cael eu hyfforddi i wneud yntê? Ma' nhw 'di gofyn am lun pawb sy'n mynd i'r Gwlff ar gyfer y *Cambrian News*, unrhyw un ar hyd yr arfordir yma. Ond dw i'm yn siŵr fysa Gareth yn hoffi peth felly – cael ei lun yn y papur fel'na. 'Dio'm yn licio sylw.

Dydy Gareth ddim yn gallu nabod y lliwia i gyd wyddoch chi, felly dydy o ddim yn gallu mynd at y peirianwyr, a fydd o ddim yn gallu ymuno â'r heddlu – dim ond os wnaiff o fynd at yr ochr radio. Dyna mae o'n ei wneud rŵan. Ond pan aeth Gareth ni i fewn i'r Fyddin ddwy flynedd yn ôl, doedd 'na ddim sôn am helynt yn y Gwlff eto – mae o 'di dod mor sydyn. Roedd yr hyfforddi wedi bod yn ddigon caled.

Rhan ohono oedd bod efo cwningen am benwythnos yn y gwersyll. Dod i'w nabod hi, ei bwydo hi a gofalu amdani. Yna, fel rhan o'r ymarfer gwersylla, roedd rhaid ei lladd hi a'i choginio hi a'i bwyta hi. Wel roedd y stori honno'n troi fy stumog i. Wrthododd o sôn am rai o'r pethau eraill, ac roedd o'n cerdded yn ei gwsg – rhywbeth na wnaeth o erioed o'r blaen. Dw i'n meddwl y bydd hi'n chwe blynedd nes y bydd o'n medru dod allan. Mae o wedi arwyddo tan hynny, a beth bynnag, roedd o'n deud ei fod o'n teimlo'n llwfrgi tasa fo'n dod allan rŵan. "Chicken" ddudodd o. Y syniad o siomi'r hogia.

Roedd hi'n braf cael Gareth a Cari gartre dros y 'Dolig. Maen nhw'n ffraeo fel unrhyw frawd a chwaer, ond roedd hi'n braf eu cael nhw yn y tŷ. Wel, Noswyl Nadolig mi fues i'n yfed yn y gwaith o ddau ymlaen – *punch* efo pob math o *vodka* ynddo fo, a dyma fi'n mynd efo Cari wedyn i'r Last Inn.

"Tyrd efo fi am un cyflym," medda hi wrtha i. Un cyflym!! Ddois i ddim allan o'r dafarn tan saith! Roedden nhw'n mynd i lawr yn handi – wir i ti. Deg *vodka* mae'n rhaid ges i – wedyn es i adre ac mi ddaeth Jen ac Adrian i lawr ac aros tan ddeg, ac mi roeddwn i'n iawn pan oedden nhw yno. Wedyn, tua deg, mi aethon nhw ac roedd Gareth a Cari 'di mynd i lawr i'r Clwb Snwcer, a thra oedden nhw yno mi wnes i bacio hosan Nadolig yr un iddyn nhw, fel dw i'n ei wneud bob blwyddyn. Dw i 'di dal i wneud yr hosanau ar ôl yr ysgariad, cystal ag y medra i. Ges i dipyn o hwyl yn trio lapio'r presanta yn y papur, fel y gallwch chi ddychmygu. Erbyn un ar ddeg roedd gen i'r cur pen mwyaf ofnadwy a doeddwn i ddim yn teimlo'n rhy dda, felly wnes i roi'r clustogau'n uchel rhag ofn i mi chwydu, a rhyw fath o gysgu. Wel, fe ddaeth Gareth a Cari yn ôl o'r Sands tua thri o'r gloch y bore, ac mi ddeffrais i, ac mi roeddwn i'n teimlo'n ffantastig, ac mi fues i fyny am hir yn gafael amdanyn nhw ac yn bwyta brechdanau bacwn ac yfed te. Fel tasa rhywbeth oedd wedi bod dan glo am hir wedi cael ei agor a'i rannu, fel y dylai pethau fod. Roedd yn rhaid i mi fod yn y gwaith arall yn y Royal erbyn un ar ddeg fore 'Dolig, felly roedd gen i ofn codi'n hwyr a bod fel brechdan, neu ofn peidio â chodi o gwbl. Ond nid felly y bu hi – pan godais i roeddwn i'n teimlo'n wych, ac mi es i i'r gwaith yn teimlo ar ben fy nigon. Rhaid i mi wneud o'n amlach!

  Mae Gareth wastad wedi bod isio bod yn filwr ers oedd o'n ddeg oed, ac mae'n rhaid fod ganddo fo ddiddordeb mawr iddo fo adael Ysgol Ardudwy yn un deg chwech oed a mynd yn syth i Gatraeth. Mae 'na rywbeth mawr ar droed yn y Dwyrain Canol 'na. Mae 'na sôn wedi bod am Ionawr y pymthegfed. Wel, mi soniodd Gareth am hynny fisoedd yn ôl fel tasa rhyfel wedi cael ei drefnu'n barod. Ac mi roedd 'na sôn am chwalu rhyw bontydd arbennig draw 'na – nid y trefi, ac nid y bobl eu hunain, ond chwalu'r ffyrdd a'r pontydd dros yr afonydd. Roedd o'n deud fod ganddyn nhw offer arbennig iawn rŵan fel gêm yn ffair y Bermo i ganolbwyntio ar chwalu'r pontydd, ac y byddwn ni i gyd yn gallu ei weld o'n digwydd yn fyw ar y teledu gartref. Rhyfel yn fyw ar CNN.

Roedd Douglas yn mynd ar fy nerfau i yn y Carousel y bore 'ma yn f'atgoffa i y dylwn i wybod am y rhif 15 yn fwy na neb yn y Bermo, gan fod gen i fab allai gael ei yrru allan yno. Roedd hynny'n ddiangen, ac roedd y cyfan fel mêl ar ei fysedd, ac wedyn mi wnaeth o ddyfynnu rhyw gerdd Gymraeg, "Gwŷr a aeth Gatraeth oedd ffraeth eu llu", ond wnes i ddim deall.

Dwi'n gobeithio na fydd raid i fy mab i fynd allan yna – ond o nabod fy lwc fe gaiff Gareth fasg a rhywbeth o'i le arno fo. Ro'n i'n gofyn iddo fo:

"'Dan nhw'n rhoi mwy o wersi i chi sut i ddelio efo'r nwy cemegol?"

"Dim mwy nag arfer," medda fo.

"Bydda'n ofalus," meddwn i.

Pam fod yn rhaid cael rhyfeloedd? Pam fod rhaid chwalu popeth? Mae 'na ryw ffŵl yn siŵr o fod isio gwneud. Tase rhywbeth yn digwydd i fy mab i mi fuaswn i'n mynd allan a chrogi'r Saddam Hussein 'na – ei grogi fo â'm dwylo fy hun. Roedd y diawl ar y teledu neithiwr, ac roedd 'na sôn am fwy a mwy o bobl yn dod draw o America. Does dim ond rhaid iddyn nhw ddangos eu trwynau, ac mae 'na ryfel, ac fe ges i andros o fraw yn gweld y Kate Adie 'na wedi ei gwisgo 'run fath â Gareth ni, allan yno'n barod. Dw i'n gobeithio y medran nhw ddod at ei gilydd a siarad o amgylch y bwrdd cyn y pymthegfed o Ionawr. Ond pam maen nhw'n gyrru cymaint o feddygon allan yno? Maen nhw'n ei chael hi'n anodd cael rhai i fynd, ac maen nhw'n galw am wasanaeth pob math o bryfed allan o'r pren. Rhag ofn.

Mae Gareth yn mynd i Norwy, ond gobeithio wir Dduw na chaiff o ei yrru i'r Gwlff. Mae'n ofnadwy iddyn nhw, ond beth amdanom ni sydd ar ôl yn fan'ma? Fe fydd y tywydd yn brafio'n dangnefeddus yma, ychydig o eira ar y Gader efallai, a nhwtha allan yn fan'no. Os weli di gysgod gwyn yn crynu i lawr y ffordd bryd hynny, fi fydd honno!

Bob

Dw i'n mynd efo hogia'r côr meibion cyn hir i lawr i'r Albert Hall. Mae 'na dri bws yn mynd tro 'ma o rownd ffor' hyn. Y nifer gorau eto. Ro'n i'n meddwl y basa unwaith yn ddigon i mi, ond na – roedd yr ail cystal, a hwn fydd y trydydd tro i mi. Does 'na ddim byd tebyg i'r Amen ar ddiwedd 'Tydi a Roddaist' efo acwstics yn y neuadd yna. A tro 'ma mae gynnon ni ddarn newydd 'Y Tangnefeddwyr'.

Dw i 'di bod yn canu ers blynyddoedd; mi fuon ni'n canu i'r fisitors ac yn casglu hanner amser at achosion da. Parti Min y Lli oedd ein henw ni ac mi roedden ni'n casglu pres at blant llai ffodus Hendre'r Plentyn. Enw da yntê? Hendre'r Plentyn. Mi ddaru nhw brynu bws mini efo pres un flwyddyn, ac mae o dal i'w weld yn mynd o amgylch yr ardal heddiw. Dyna i chi deimlad ydy gweld ar y cefn 'Cyflwynedig gan Barti Min y Lli'. Teimlo eich bod chi wedi gwneud rhywbeth efo'ch bywyd. Doedd ein parti ni ddim yn cael ei dalu efo pres, ond roedden ni i gyd yn cael ein talu drwy'r galon.

Mae gen i ddigon o amser i fynd i ganu rŵan hefyd

achos dw i 'di gorffen fy ngwaith efo'r Cyngor. Wedi ymddeol. Y cwbl sydd i'w wneud rŵan ydy gwylio'r genod del 'ma'n mynd heibio yn y caffi, yndê Marian? Roedd tad Marian 'ma'n ganwr efo'r Cantorion Imperial, ac mi aethon nhw i America. Mae 'na lyfr wedi'i gyhoeddi amdanyn nhw. Wyddost ti ddim Marian? Oes mae 'na. *Yes it would be nice to have it to remember.*

Roedd hi'n rhyfedd dod at y diwrnod olaf yn y gwaith. Roedd o i fod yn ysgafn, ond jiawch, mi wnaethon nhw ofyn i mi fynd i helpu efo tario'r ffordd tua Tanygrisiau yn y bore. "Pam na fysat ti wedi cymryd dau ddiwrnod ar y *sick*?" medda rhyw hen wàg i dynnu 'nghoes i. Mi ges i lot o hwyl dros y blynyddoedd.

Dwi'n cofio rhyw ddynas yn dod ata i ar y Cei a finna efo'r sgip. Mi ddaeth hi efo llond bag o bapurau toffi gan ofyn yn reit grand: *"Can I put these in your skip?"* a finna'n tynnu ei choes hi:

"Rhag eich c'wilydd chi, be 'dach chi'n feddwl sydd gen i yn fan hyn?" a dyma hi'n dianc am ei bywyd, a minnau'n rhedeg ar ei hôl hi, "Dim ond tynnu coes yr ydw i". Dw i'n cofio'r bòs mawr ei hun yn dod tra oeddwn i'n tario'r ffordd wrth Lanabar. Roedd hi'n ddiwrnod brafiach na hyn – dw i'n mynd yn ôl gryn dipyn o flynyddoedd rŵan pan oedden ni'n cael hafau iawn. Mi ddaeth y car mawr crand yma a rhyw ddyn yn gwisgo sbectol haul fawr:

"Wnaethoch chi ddim 'yn nabod i yn y rhain yn naddo?" medda fynta.

"Naddo, biti na fysach chi 'di rhoi sbectol haul ar y car hefyd," medda finna wrtho fo.

Un o'r jobsys olaf ges i oedd i fyny yng Nghwm Nantcol. Cyn Pont y Cwm a'r capal mae 'na lôn fach ynghanol y coed ac os ei di i fyny honna ti'n dod at yr afon ac mi roedd gynnon ni'r gwaith o gludo coed trymion o'r lorri, i fyny dros y ffridd i ganol y goedwig. Ew, ac roedden nhw'n betha trwm. A ti'n dallt, yn ystod yr adag yma roedd y rhyfal 'na'n mynd yn ei flaen. Ia Marian – *The Gulf. But it starts with a K . . . Kuwait* – ia, dyna ni. *Thank you, Marian. Kuwait.* Ac mi roedden ni'n adeiladu'r bont 'ma ynghanol yr harddwch a'r tawelwch yn fan'no. Mi weithion ni'n galad ar y bont 'na, a'r rhyfal yn mynd yn ei flaen.

Mi licien i fod wedi ysgythru rhywbeth ar bren yn Gymraeg a Susnag fel 'Pont y Gwlff' – i gofio am hogia'n hardal ni aeth allan yno. Dyna i ti Gareth stryd ni – mi fuo hwnnw yno, a chael ei lun o ar hyd tudalan flaen y *Cambrian News* pan ddaeth o yn ei ôl, colli ei fam mor fuan wedyn, ar ôl iddo fo gyrraedd adre'n ddiogel. Pobl ddiniwad fel'na, a'r holl boen meddwl gafodd hi yn ofer. Wrth gwrs, allwn i ddim gwneud peth felly heb fynd drwy'r cownsil, ond dyna liciwn i ei wneud – rhoi 'Pont y Gwlff' ar y pren, er cof. Dyna enw'r bont i mi beth bynnag, bob tro y bydda i'n mynd i'r Cwm. Rhaid i ni ddysgu adeiladu pontydd yn yr hen fyd 'ma yn does neu fydd hi'n domino arnom ni? *We must build bridges, Marian. What? You've heard it all before, Marian?*